무례한 상속

무한의 유산을 주신 어머니께

무례한 상속

초판 1쇄 발행 2021년 06월 10일
초판 5쇄 발행 2024년 11월 28일

지은이 김선영

편집장 천미진 | **편집** 최지우, 김현희
디자인 최윤정 | **마케팅** 한소정 | **경영지원** 한지영

펴낸이 한혁수 | **펴낸곳** 도서출판 다림 | **등록** 1997. 8. 1. 제1- 2209호
주소 07228 서울시 영등포구 영신로 220 KnK 디지털타워 1102호
전화 02-538-2913 | **팩스** 070-4275-1693 | **전자 우편** darimbooks@hanmail.net
블로그 blog.naver.com/darimbooks | **다림 카페** cafe.naver.com/darimbooks

© 김선영 2021

ISBN 978- 89- 6177-261-7 (43810)

무례한 상속

김선영 장편 소설

다림

차
례

염소 한 마리 때문에

할머니가 이렇게 빨리 떠날 줄 몰랐다. 지겹도록 잔소리를 늘어놓으며 내 곁에 언제까지나 있을 줄 알았다. 그래서 할머니의 유산을 마음대로 쓰려면 생각보다 시간이 오래 걸리겠다는 각오도 하고 있었다. 할머니 약장에는 멀티 비타민, 루테인, 콜라겐, 오메가 쓰리, 공진단과 청심환이 즐비했으며 그간 개인 트레이너까지 불러 운동 또한 열심이었다. 내가 할머니라고 부르면 주위에서 눈을 동그랗게 뜨고, 정말 할머니냐고 되물을 정도로 아주 꼿꼿하고 단단했던 분이다. 패션 감각과 센스 넘치는 액세서리는 할머니의 나이를 더욱 무색하게 만들었다. 내 또래의 엄마들에게 절대 밀리지 않을 만큼 내게는 엄마와 같은 할머니였다. 유치원 때부터 지금껏 빠지지 않고 학부모회에 들어, 젊은 엄마들 못지않게 열성이었고 말발이든 감각이든 밀리는 법이 없었다. 부모 없는 아이라고 나를 깔보지 않게 하는 것이 할머니의 남은 인생 최대 목표였다. 할머니가 내게 일관성 있게 주문한 건, 네 뒤에는 할머니가 있으니 기죽지 말라는 거였다.

그런데 이렇게 말 한마디 없이 가다니, 못됐다. 함께 지내 온 세월이 얼만데 이렇게 인사도 없이 하루아침에 사라지다니. 나는 그런 할머니가 너무 못돼서 하나도 슬프지 않았다. 아니 받아들이고 싶지 않았다.

할머니는 평소의 희망 사항처럼 아주 쿨하게 떠났다. 그게 할머니가 꿈꾸는 가장 우아한 이별이라고 노래처럼 부르더니 그렇게 성질대로 가 버렸다.

전화를 받고 병원으로 달려갔을 때 할머니는 이미 시체 보관실로 옮겨 간 뒤였다. 뜨거운 바깥 날씨에 비해 섬뜩할 정도로 서늘했던 영안실, 할머니가 죽었다는 사실보다 병원 지하에 있는 시체 보관실로 들어서는 것이 더 무서운 일이었다. 영화나 드라마에서 보았던 냉동고에 할머니가 들어 있을 줄이야. 보호자와 연락이 닿지 않아 어쩔 수 없었노라고 시설 관리자가 말했다. 나는 태연히 핸드폰을 꺼내 보았다. 모르는 번호로 부재중 전화가 여러 번 찍혀 있다. 아마도 코인 노래방에서 아이들과 신나게 노래 부르고 있을 때였던 것 같다. 뻗치는 기운을 주체하지 못해 광란의 몸짓으로 노래 부를 때, 할머니의 체온은 서서히 식어 갔던 것이다. 삶과 죽음의 차이는 이다지도 먼 것인가, 이렇게 어떤 예고도 없이 찾아오는 것인가, 하는 생각을 잠깐 했다. 까만 구멍 속으로 아득히 빨려 들어가는 느낌과 함께.

할머니 핸드폰의 잠금장치를 풀 수가 없어서 경찰의 도움으로 내 번호를 알아냈다고 했다. 표정에 어떤 변화도 보이지 않는 나를 보는 게 민망스러운지 장의사가 변명하듯 말했다.

"많이 놀랐죠? 사후 경직이 와서 어쩔 수 없었어요."

노랗게 맑은 할머니 얼굴을 아무렇지도 않게 내려다보았다. 은은한 미색의 백발은 파리한 형광 불빛 아래 더욱 윤기가 흘렀다. 도무지 죽은 사람처럼 보이지 않았다. 핏기 없는 뽀얀 얼굴을 무연히 보았다. 그렇게 한참 동안 아무렇지 않게. 할머니는 막 샤워를 마친 뒤 곤히 잠든 거처럼 개운하고 맑은 표정이었다. 그래서 더욱 실감 나지 않았다.

한참 뒤 장의사에게 건조하게 물었다.

"어떻게 된 건데요?"

"운전을 하시다가 신호 대기에서 심장 발작이 일어난 거 같아요. 사인은 심정지예요."

"내가 운전면허 그만 반납하라니까."

평소에 내가 할머니한테 하듯, 짜증 묻은 목소리로 뇌까렸다.

할머니는 자동차 키를 손에 든 채 찾는 일이 빈번했고, 외출하고 온 뒤 깜빡이를 어떻게 끄는지 몰라 차선을 바꿀 때마다 쩔쩔맸다는 얘기를 했으며 액셀에서 브레이크로 발을 옮길 때마다 다리가 무거워서 혼났다는 말을 종종했다. 기사를 두라고 하면 외출이 잦은 것도 아닌데 쓸데없이 돈 쓸 일을 만드냐고 했다.

누군가 옆에 있었다면 상황은 달라지지 않았을까.

"네? 뭐라고요?"

장의사가 내 얼굴을 살피며 물었다.

"아, 아니에요."

"근처에서 불이 나, 길이 한참 동안 막히는 바람에 뒤늦게 발견했대요. 사이드 브레이크를 채워 놓은 상태여서 차가 밀리지 않는 바람에 발견이 더 늦어진 거 같아요."

아주 쿨하시군. 어쩌면 그렇게 미련 한 조각 없이, 깔끔하게. 할머니 말대로 운이 좋은 건지도 모르겠다. 할머니는 병원 침대에서 앓다가 죽고 싶지 않다던 소원을 이룬 셈이다.

"요즘엔 죽을 자유도 없어, 못 죽어. 병원 침상에 거진 10년 가까이 죽은 사람처럼 누워 있다가 가더라. 그건 아주 최악이야."

할머니는 일상 중에 죽음을 만나 저세상으로 가는 게 소원이었다. 집 앞 하천에 놓여 있는 징검다리 건너가듯이.

아주 편안한 얼굴이다. 아니 희미하게 웃고 있는 것도 같다. 주름살 하나 없는 피부는 여전히 팽팽하게 윤기가 흘렀다. 도무지 죽은 사람처럼 보이지 않았다.

나는 이 모든 게 그냥 TV 드라마나 영화의 한 장면 같았다. 아무것도 실감 나지 않았다. 귓속에서 울리는 삐이— 소리만 사실적으로 감지됐다. 오로지 실감 나는 건 끊임없이 울려 대는 삐이, 소리였다. 할머니의 심장이 서서히 박동을 멈추고, 폐가 부풀었다가 스르륵 줄어들며, 손목의 맥박이 더 이상 팔딱이지 않고 콧구멍에서는 더운 김이 나오지 않는 것, 코끝부터 체온이 서서히 식어 가는 것, 그렇게 한 생명이 소멸해 가는 신호음 같은, 삐이— 소리가 그치지 않고 이어졌다. 그 순간, 노래방에서 미친 듯이 소리를 지르고 날뛰며 노래를 불렀던 나를 질책하듯, 그 소리는 장례 기간 내내 따라다녔다.

내가 기대하고 예상했던 그림은 언제나 빗나갔다. 누구에게나 있지만 내게 없는 엄마 아빠가 죽음을 넘어 어느 날 서프라이즈로 나타나기를 기다렸지만 이루어지지 않았고, 할머니와도 지겹도록 함께 있을 줄 알았는데 그렇지 않았다. 둘 다 절대로 이루어지지 않을 일이라는 걸 훤히 알 나이지만 그렇게라도 기대해야지만 살아갈 수 있을 것 같아, 최후까지 버리지 않은 바람이었다. 그런데 이렇게 또 뒤통수를 치다니.

'네 마음대로 네가 그리는 대로 삶은 흘러가지 않아. 봤지?' 하고 누군가 내 귀에 대고 속삭이는 것 같았다. 할머니를 묻고 오던 날, 나는 하늘에 대고 퍽큐를 날렸다. 웃기지 마시라, 운명의 신에게 나는 결코 호락호락하게 먹히지만은 않을 것이라고 선언했다.

장례를 마치고 산길을 내려올 때 발목 언저리에 나비 한 마리가 맴돌았다. 흰나비다. 신기하게도 내 발길이 닿는 곳마다 따라다녔다. 발목 근처에서 어찌나 팔랑이던지 하마터면 밟을 뻔했다. 내가 영구차에 오르고도 흰나비는 창가에서 한참이나 팔랑였다. 내게 손을 흔드는 것 같았다.

할머니 비서 겸 집안일을 도맡아 하던 기주 언니가 말했다.

"여사님, 아니 할머니가 우리 연서한테 인사하나 보다."

기주 언니는 말끝에 폭풍 오열을 했다.

뭐래, 나는 말 같지도 않은 말을 하는 기주 언니가 한심해서 곁눈질로 흘겨본 뒤 하얀 나비를 바라보았다. 창밖에서 연신 내 곁을 맴돈다고 하여 그 흰나비가 할머니일 수는 없는 거다.

내내 뙤약볕 속에 있어서 그런지 푹 자고 싶었다. 한 며칠은 먹지 않고 잠만 잘 수 있을 것 같았다. 이별은 피곤한 거라는 생각이 들었다. 너무 피곤했다.

영구차에서 내려 장례식장으로 향하는 나를 기주 언니가 잡았다.

"난, 먼저 집에 들어가 있을게. 연서 넌 상복 반납하고 정리하고 와."

기주 언니는 머리 밑과 목에 흐르는 땀을 닦으며 말했다. 잘 익은 찐빵처럼 부풀어 오른 두 볼에, 핏기가 없다. 걸신들린 듯 먹는 기주 언니를 볼 때마다 할머니는 늘 이렇게 말했다.

'그렇게 먹다가는 죽어, 먹다가 죽은 사람 여럿 봤다.'

"왜? 몸이 안 좋아?"

따가운 햇볕 아래, 기주 언니 정수리에서 모락모락 김이 나는 것 같았다. 기주 언니 몸은 바람이 꽉 찬 풍선처럼 더욱 부풀어 보였다.

"아, 아니, 정리할 것도 있고……."

기주 언니 귀밑으로 땀방울이 또르르 흘렀다.

"뭘 정리해?"

내가 정색하며 또 물었다.

장례 기간 동안 옆에서 수발을 들던 기주 언니가 먼저 들어간다고 하자, 나를 받치고 있던 최후의 둑이 무너지는 것 같은 허전함이 밀려왔다.

"으응, 그, 그냥, 여사님 물건도 좀 치워야 하고."

뭘 지금 굳이, 하는 생각이 들었지만, 할머니 흔적을 봐야 하는 나를 생각해서 하는 말인 줄로만 알았다. 그때까지만 해도 기주 언니에 대한 기대와 환상이 따듯했던 거다. 사람이 얼마나 쉽게 돌변할 수 있는지 알기까지 그리 시간이 필요하진 않았다.

노곤한 몸을 이끌고 집 안으로 들어섰다. 엉망이다. 도둑이라도 왔다 간 거처럼 난장판이다. 아주 대놓고 도둑질을 한 거처럼 발 디딜 틈이 없다.

"뭐야? 왜 이래?"

놀란 나머지 비명을 지르듯 집 안에 대고 소리쳤다.

"느, 느 느네 할머니는 어쩌면 금반지 하나 남겨 놓은 게 없니?"

얼굴이 벌겋게 달아오른 기주 언니가 할머니 방에서 나오며 말했다. 두리번거리며 내 눈을 피하는 척했지만 목소리 끝은 유리 조각처럼 날카로웠다.

느네 할머니? 여태껏 들어 보지 못한 호칭이다. 말끝마다 여사님, 여사님, 하며 착착 감기는 투로 온갖 애교를 떨던 호칭이, 느네 할머니란다. 나에게도 함부로 너니, 네니 하지 않았는데. 뭔가 낌새가 이상했다. 할머니 영정 앞에서 또는 뼈가 하얀 재가 되어 나왔던 화장터에서 온몸의 살이 발발 흔들리도록 섧게 울던 기주 언니가 아니었다. 마치 할머니와 육친의 정을 나눈 딸처럼 애달프게 울던 그이랑 같은 사람인가 싶을 정도로 딴판이었다.

"뭐야, 지금 이거 언니가 이렇게 한 거야? 뭐 하는 거야? 남의 집에서, 엉?"

서늘한 기분이 정수리부터 등골을 쓸고 내려갔다. 기주를 다그치

15

듯 몰아세웠다.

"나남, 남의 집? 흥, 내가 느, 느이 집 일 봐준 게 얼만데?"

더듬긴 했지만 목소리 끝은 여전히 살찼다. 아주 딴사람처럼 굴었다. 뒷덜미에 쇠뭉치라도 날아든 듯 어찔했다. 괘씸함과 노여움으로 피가 거꾸로 솟구쳤다.

"언니, 왜 이래? 할머니 없다고 이제 막 나가는 거야? 나가, 당장 나가!"

기골이 장대한 기주를 현관 쪽으로 밀쳤다. 꿈쩍도 하지 않았다. 반동으로 외려 내가 밀릴 만큼 육중했다.

"허이고 지, 지 빤스 하나도 제대로 안 빨아 본 주제에. 나가라고? 퍼, 퍽도 잘 살겠다."

기주가 달아오른 얼굴로 씩씩댔지만 나를 정면으로 보지는 않았다. 그간 지극정성으로 할머니와 내 수발을 들던 사람이 맞는가 싶었다. 도대체 왜? 생각할수록 기가 막혔다.

"아주 막말하기로 작정한 거야? 왜 이래?"

"니, 니가 나 없이 살 수 있을 거 같애?"

머뭇거리는 기색은 있지만 차가운 말투는 여전했다. 이게 무슨 유세 아닌 유세인가 싶었다.

"됐어. 지금 나 생각해서 하는 말이셔? 하하, 웃겨 정말. 당장 짐 싸!"

기주가 한 말 그대로 돌려주고 싶은 마음에 나도 나오는 대로 야멸차게 뱉었다. 사람이 어떻게 이렇게 변할 수 있는 거지? 누구보다 할머니와 나를 잘 아는 사람이 바로 기주인데 어떻게 저럴 수 있는 거지? 할머니 죽음보다 더 놀라운 건 180도 바뀌어 버린 기주였다.

"머, 뭐? 지, 짐 싸라고? 야 나, 못 나가."

기주가 새되게 소리쳤다. 기주의 얼굴은 더욱 시뻘겋게 달아올랐다. 불안에 떠는 거처럼 눈동자를 쉴 새 없이 굴리며 허둥대더니 이번엔 나를 정면으로 쏘아보았다.

1초도 꼴 보기 싫었다. 이참에 밀어붙여 내보내야겠다는 생각이 들었다.

"뭐? 무슨 소리야 그게? 내가 나가라면 나가는 거지. 나가, 나가라고!"

내가 현관 쪽을 가리키며 삿대질하듯 내몰았지만 태산 같은 덩치는 미동하지 않았다.

"아이구우, 여사님- 내 예상이 맞았지. 여사님 안 계시면 나가라는 말이 제일 먼저 나올 줄 알았어요 내가."

기주는 하소연하듯 허공을 바라보며 소리쳤다.

그간 기주랑 살가운 사이는 아니었다. 특히 내가 어디서 뭘 하는지 할머니에게 다 보고하는 통에 기주를 잡도리한 적도 많았다. 할머니에게 기주 내보내면 안 되겠냐고 조르기도 여러 번 했다. 그럴 때마다 기주는 얼굴색이 하얗게 질려 제 방으로 숨어들어 우는 것 같았다. 그런 다음이면, 한동안 고자질을 멈추기도 했다.

기주를 고용한 사람은 할머니이기 때문에 기주는 할머니에게 잘 보이려고 온갖 충성을 다했다. 내가 무엇을 편식하는지, 용돈은 주로 어디에 쓰는지, 염색이나 파마 부작용으로 병원 다니는 것까지 죄 보고하는 통에 염색과 파마를 금지당한 적도 있고 지적질당할 때마다 용돈은 여지없이 깎였다. 할머니는 그럴 때마다 이게 다 널 위해서 그러는 거라고, 기주 탓이 아니라는 말까지 붙이며 역성을 들었다.

이제껏 기주를 참아 온 것은 내가 함부로 대해도 그런 것과 무관하게 할머니와 나에게 같은 태도를 취했으며 집안일을 흠잡을 데 없이 하여 눈에 거슬리게 한 적이 없어서였다. 한마디로 꼬투리 잡을 게 없었다. 특히 까다롭고 엄격한 할머니의 눈에 크게 벗어난 적이 없다는 게 오랫동안 우리 집에 있는 이유였다. 지금은 그런 할머니가 없다는 사실이 기주에게는 강력한 위협일 터였다.

"수작 부리지 마, 경찰 부른다─"

내가 악에 받쳐 소리쳤다.

"너, 너 만만한 애 아니라는 건 진즉에 알고 있었지. 그 정도는 나, 나도 각오하고 있어."

기주가 입꼬리를 올리며 우는 건지, 웃는 건지 알 수 없는 표정을 지었다.

"할머니가 알면 당장 죽여 버렸을 거야, 알아?"

나는 분에 차서 어금니를 앙다물며 소리쳤다.

"하, 할머니? 좋아하시네. 여사님 방금 전에 하얗게 재로 변한 거 못 봤어?"

기주도 맞서 소리쳤다.

"이제 할머니가 안 계시다 이거지? 그래서 나를 어떻게 해 보려고 지금 이러는 거야? 언니 바보 아니니? 그럴 거면 나한테 잘해야지."

기주는 고개를 돌리며 짐짓 못 들은 척했다. 눈두덩을 훔치며 감정을 꾹꾹 누르는 것 같았다.

방금 전까지 할머니 묘석 앞에서 나를 부축하고 눈물을 닦던 기주가 아니었다. 전혀 다른 사람처럼 굴었다. 몰래카메라나 서프라이즈를 하는 것만 같았다.

"왜 이래? 나한테 왜 이러는 거야? 장난이면 그만해."

나는 방금 전의 기세와는 달리 말꼬리를 내리며 애원하듯 말했다. 흥분하며 날뛰다가는 기주의 페이스에 말려들 것 같았다. 기주는 이미 만반의 태세를 갖춘 듯, 내내 차분한 어조를 잃지 않았다.

"내가 그간 못되게 굴어서 그래? 그건 사사건건 할머니한테 고자질하니깐 그런 거지."

"돼, 됐고, 이젠 여사님도 안 계시니 소용없는 말이야. 그건 나도 어쩔 수 없었어. 여사님이 여간 깐깐해야 그냥 덮어 주고 넘어가지. 그나저나 이번 달 월급도 못 받았고, 나, 나 내칠 거면 퇴직금도 줘야 할 거야. 그러기 전엔 절대 모, 못 나가. 아니 아, 안 나가!"

기주가 턱턱 걸어와 내 코앞에 솥뚜껑 같은 손바닥을 들이밀며 윽박지르듯 말했다.

"뭐? 퇴, 퇴직금? 그런 것도 있어? 할머니가 준다고 했어?"

나는 두 눈이 튀어나올 것처럼 부릅뜨며 물었다.

"주, 준다고 해야 주, 주냐? 요즘이 어떤 세상인데."

그러니까, 할머니의 부재가 실감 난 건 바로 지금 이 순간이다. 할머니의 마지막 모습을 보던 병원 영안실도 장례 기간도 가루가 된 할머니의 유골을 묻던 순간도 아니다. 마치 제 집인 양 설치고 다니는 기주를 보는 지금 이 순간이다.

기주의 두툼한 손바닥이 나를 빚쟁이로 모는 것 같았다. 나는 짝 소리 나게 기주의 손을 쳐 냈다.

"치워."

기주에게 손톱만큼도 밀리고 싶지 않았다. 틈을 보여선 안 되겠다는 생각이 들었다.

"너, 너한테는 뭐라고 얘기해 놨을 거 아니야, 네가 그 뭐라더라…… 사, 상, 상속자잖아?"

이제야 기주도 페이스를 잃고 조금은 당황하는 눈치였다.

"몰라, 아무것도 몰라. 아무것도 모른다고오!"

벼랑 끝에 서 있는 거처럼 아득했다. 정말 아무것도 몰라서 아득했다. 어떤 예견도 대비도 없던 할머니의 죽음 때문에, 앞으로의 나 때문에 그야말로 멘붕이었다.

"저, 정말 아무것도 몰라? 설마 이렇게 나 몰라라 하면서 돌아가셨겠어? 나, 나는, 나는 어떻게 하라고오."

기주는 제 가슴을 치며 말하다 방바닥에 철퍼덕 주저앉았다. 그런 뒤 멍한 표정으로 거실 벽에 걸려 있는 할머니 사진을 올려다보았다. 기주의 눈꼬리에 물기가 어렸다.

'그럼 그렇지, 기주도 멘붕이겠지. 그간 거둬 주었던 주인이 말 한 마디 없이 사라졌으니. 그렇다고 나만 하겠어?'

아무리 이해해 보려고 해도 괘씸함은 1도 줄지 않았다. 방금 전 기주의 행태를 곱씹으며 약해지는 마음을 다잡았다.

어지러운 거실과 방 안을 일일이 가리키며 기주를 쏘아보았다.

"당장 원위치시켜. 할머니 물건 있던 데로."

나는 기주의 기에 눌리지 않기 위해 어금니를 더욱 앙다물며 말했다.

"나, 나가라며? 가라며?"

기주는 코를 훌쩍이며 따지는 건지 비꼬는 건지 모르겠는 투로 쏘아붙였다.

"갈 때 가더라도 치우고 가. 주인도 없는 집에서 도둑질이라도 하려고 먼저 들어가겠다고 한 거야? 대단하다."

생각할수록 기가 찼다.

"도, 도둑질이라니? 내 거 챙기려고 그랬던 거지. 뒤질수록 아무것도 안 나와서 눈이 휙 뒤집히더라."

"뒤져서 나오면? 그때는? 그게 도둑이지!"

나는 빽 소리를 지르며 다시 열을 올렸다.

"내가 너, 널 믿을 수 없으니까."

"기가 차다. 그것도 핑계라고 대고 있냐?"

기주는 내가 자신을 내보낼 거라고 확신하는 것 같았다. 할머니에게 내보내고 다른 사람 쓰자고 할 때마다 얼음처럼 굳었던 기주의 등이 떠올랐다. 다음 날이면 통통 부은 눈으로 슬금슬금 눈치를 보며 없는 사람처럼 굴었다. 최대한 거슬리지 않으려고 큰 몸을 움츠리며 소리 없이 집안일을 했다. 그럴 땐 나도 조금 미안한 마음이 들긴 했다.

이번 달 월급을 받지 않았다는 것과 퇴직금이라는 말에 맥이 빠졌다. 정신을 차려야 한다. 찬물을 벌컥벌컥 들이켰다. 위장이 찌르르 아플 정도로 찬기가 퍼졌다. 머릿속이 조금 시원해졌다. 무턱대고 내칠 수만은 없는 일이다. 그렇다고 물러서는 모습을 보여서도 안 된다는 생각이 들었다.

"치우라고!"

내가 명령하듯 말한 뒤 그 자리에 붙박은 채 쏘아보자 기주는 내키지 않는 몸짓으로 구부렁거리며 물건을 정리했다. 그러면서 바닥을 향해 중얼거렸다.

"어린 게, 따박따박. 여, 여사님 저리 가라네."

나는 못 들은 척했다. 기주가 한풀 꺾인 듯한 추임새를 보였지만, 나는 온몸의 살이 발발 떨렸다. 행여 기주에게 들킬세라 두 주먹을 더욱 그러쥐었다.

빚쟁이처럼 눌러앉은 기주를 보며 어떻게든 정신을 차려야 한다는 생각이 들었다. 이대로 물렁하게 있다가는 기주한테 당하고도 남을 것이다. 어딘가에 할머니가 남겨 놓은 사인이 있을 것이다. 그러니까 일단, 집 안에 현금이나 귀중품이 없다는 건 증명된 셈이다. 누구보다 집 안 곳곳을 잘 아는 기주의 손에 걸리지 않았다는 건 할머니가 허술하게 두지 않았다는 뜻이다.

머리가 지끈거릴 정도로 노곤했지만 잠이 오지 않았다. 생각해야 한다, 생각해야 한다. 할머니가 나한테 이렇게 매정할 리가 없다. 나는 장례 기간 내내 할머니의 죽음보다 하늘 아래 달랑 혼자라는 것 때문에 허허벌판에 서 있는 기분이었다. 그러니까 할머니는 내게 집이었으며 산이었으며 나무였으며 공기이자 꽃이었으며 침대였으며 쿠션 좋은 소파였고 난로였던 것이다. 태양이 잡아먹을 듯이 이글대는 초여름인데도 찬기가 온몸에 들러붙은 거처럼 추웠다. 손끝이 몹시 시렸다. 할머니를 보기 위해 영안실로 들어섰을 때의 서늘함이 계속 이어지는 느낌이다.

배가 고팠다. 그러고 보니 며칠 동안 먹은 게 없다. 위장이 텅텅 비어, 허리가 훅 꺾일 것 같은 허전함이 밀려왔다. 기주랑 같이 있기 싫지만 당분간은 어쩔 수 없다. 내 손으로 라면 한번 끓여 본 적이 없다. 거기다 기주의 음식 솜씨는 거부할 수 없을 만큼 기가 막히게 좋다. 할머니도 인정했다. '속에는 앙큼한 여우가 대여섯 마리 들어앉아 있지 싶어서 내치고 싶은데 솜씨가 좋아, 손끝도 여물고.' 가끔 칭찬인지 흉보는 건지 알 수 없는 말로 기주를 경계하던 할머니 말이 떠올랐다. 아무리 굳센 결심을 해도 기주가 만들어 놓은 음식 앞에서는 다이어트를 할 수가 없을 정도였다.

그동안 생활비로 쓰던 할머니 카드가 생각났다. 그거부터 단속해야겠다는 생각이 들었다.

"야, 기주 언니, 할머니 카드 갖고 있는 거 있지? 생활비 쓰던 거 있잖아, 그거 내놔."

푹 퍼져 자고 있는 기주를 향해 말했다.

"아으흐흠─ 카, 카드 같은 소리 하네."

기주는 기지개를 켜더니 잔뜩 인상을 쓰며 눈을 감은 채 말했다.

"지, 지난달 생활비로 쓴 거 결제하라고 나왔는데 어쩔 거야? 카드 대금 밀리면 연체료 장난 아니던데. 야, 너, 너 카드 이런 거 연체하고 사채 빌려서 안 갚고 그러면 손목 긋고 죽고, 깡패 같은 사람들이 신체 포기 각서 쓰게 한 뒤 돈 받아 내는 영화 봤지? 돈이라면 지옥이라도 따라가서 받아 낼걸."

심장이 다급하게 뛰었다.

"그게 무슨 소리야?"

할머니가 죽었다는 것보다, 내가 혼자 되었다는 것보다 더 무서운 것이 있다는 것에 숨이 막혔다.

"우, 우리 진 여사님이 얼마나 철저하게 단속을 해 놨는지 너나 나나 멍청히 당하게 생겼다."

"그게 무슨 소리냐고?"

나는 거의 울기 직전의 목소리로 물었다. 어쩌면 기주보다 더 한심한 건 나인지도 모른다. 할머니에 대해, 할머니가 어떻게 살았는지에 대해, 아는 것도 없고 할머니 죽음 이후에 대해 대비한 것도 없다. 그건 나를 팽개친 거나 마찬가지였다. 그렇지만 죽음은 누구도 알 수 없는 시간에 찾아오는 거잖아, 그걸 알았다면 이렇게 많은 사람들이 당하겠어? 속에서 반감 같은 되물음이 치고 올라왔다.

"경고하는데 할머니 함부로 말하지 마."

당황스러운 속마음을 들키지 않으려고 기주에게 엄격한 목소리로 말했다.

"뭐 함부로? 너, 너 여사님 살아 계실 때 니, 니가 함부로 한 건 쌩까냐?"

기주는 팔짱을 낀 채 가소롭다는 듯 빈정거리며 말을 이었다.

"할, 할머니의 모든 계좌는 정지됐어, 알아? 이 맹추야. 세상 물정을 이렇게 모르는 너, 널 두고 여사님은 어떻게 눈을 감았나 몰라."

"뭐래? 말 함부로 하지 말랬지. 가만 안 둬!"

"야, 하, 할머니 살아 계실 때 진 여사, 찐 여사 하며 까불던 게 누군데 그러냐? 할머니 말은 손톱만큼도 안 듣고, 청개구리도 그런 청개구리가 없지 싶더만."

기주는 내 속을 긁으려고 작정한 것 같았다.

"내 할머니니까, 그렇지!"

속에서 뜨거운 것이 올라왔다. 눈앞이 어찔할 정도로 눈물이 터졌다. 내 할머니, 그간 살갑게 표현해 본 적은 없지만 나의 할머니였기 때문에 인색하게 굴고 함부로 대했다. 그래도 내 할머니니까. 그건 변할 수 없는 거니까. 나한테는 꼼짝도 못 하는 할머니니까. 그동안의 불손함에 대한 벌을 이런 식으로 내리는 건가, 하는 생각이 들었다. 그럼 진짜 봐준 게 아니잖아, 할머니가 나를 진짜 봐주려면 끝까지 봐줘야 하는 거 아니야? 따지고 싶은 말들이 무수히 비어져 나왔다.

"우, 우냐? 어쩜 그리 울지도 않냐고 다들 독하다고 한 소리 하더구만."

기주가 고개를 돌리며 코를 훌쩍였다.

"울긴 누가 울어!"

나는 손등으로 눈을 비비며 단호하게 말했지만 목소리 끝은 울음이 배어 떨렸다. 젠장이다. 나약한 모습을 보이고 싶지 않아 뒤이어 물었다.

"계좌가 정지된 건 어떻게 알았어?"

기주는 말없이 가방 속에서 카드를 꺼내 내 손에 쥐여 주었다. 그런 뒤 도로 털썩 누워 버렸다. 코를 훌쩍거리며 비척비척 몸을 모로 세운 뒤 내게 등을 보이며 말했다.

"하, 하나는 체크 카드고 하나는 생활비 쓰는 신용 카드야. 아까 택시비 결제하려고 내밀었는데 둘 다 승인 거절 뜨더라."

나는 그 자리에 풀썩 주저앉았다. 승인 거절이라는 말에 세상의 모든 문이 닫히는 기분이었다. 빛 하나 들지 않는 깜깜한 어둠 속을 양손으로 휘저으며 떠도는 내가 머릿속에 그려졌다.

"내, 내가 왜 집 안을 뒤졌는지 알겠니? 택시비도 구멍가게 할머니한테 빌려서 내고, 아까 진땀이 얼마나 나던지. 설마설마하며 집 안을 뒤져 본 거야."

더 이상 아무것도 생각나지 않았다. 조금밖에 남지 않은 산소마저 훌쩍 소진된 거처럼 숨이 쉬어지지 않았다. 기운이 쭉 빠져 내 방까지 무슨 정신으로 갔는지 모르겠다. 그대로 침대에 엎어져 눈을 감았다. 아무것도 생각하고 싶지 않았다. 기절하듯 잠이 쏟아졌다.

기주가 어깨를 흔들었다.

"죽 먹어."

고소한 콩 내가 났다. 동부콩죽이다. 할머니와 내가 입맛이 없을 때마다 기주가 끓여 주던 거다.

기주는 내가 일어나는 것을 보고 제 방으로 들어가 버렸다. 언제 그렇게 심한 막말이 오갔나 싶게 기주가 끓인 죽은 부드럽고 고소하고 따끈했다. 웃긴 건 기주가 해 준 음식을 말없이 먹고 있는 나다. 기주의 음식은 거부할 수 없는 무언가가 있다. 기주는 언제나 그랬듯 제 할 일을 했다. 집 안은 언제 그랬냐는 듯 깨끗하게 정돈되어 있다.

변한 건 아무것도 없는 것 같은데, 할머니의 부재가 어떤 건지 모르겠어서 그냥 멍했다. 며칠은 뭘 해야 할지, 앞으로 어떻게 해야 할지 생각나는 것도 할 수 있는 것도 딱히 떠오르지 않았다. 그렇게 멍한 상태로 죽을 먹고 잠을 자고 화장실을 다녀오고 거실과 정원을 서성이기도 했다. 할머니가 안 계신 세상인데도 살아졌다. 밥을 깨작거리고 잠을 자고 화장실을 가고 또 밥을 먹고 잠을 자고. 멍하게 앉아 있는 나를 염탐하듯 살피는 기주의 시선이 느껴졌지만 짐짓 모른 척했다. 자신에게 돌아올 퇴직금과 월급에만 관심이 꽂혀 있을 게 뻔하다. 그 외에 자신에게 떨어질지 모르는 할머니의 유산에 눈독을 들이고 있을지도 모른다. 내 입에서 나가라는 소리가 나오지 않게, 되도록이면 마주치지 않으려는 것 같았다. 혼자가 된 내가 얼마나 불안한지는 생각하지 않는 것 같았다. 자기만의 처지와 상황으로 세상을 보고, 자기만의 무게가 버거워서 비명을 지르는 게 사람이라는 생각이 들었다. 그 외의 것은 듣지도 보지도 생각하지도 않는 게 사람의 속성 아닐까. 나도 그러니까, 나도 그랬으니까. 죽음을 맞이한 할머니보다 나 때문에 장례 기간 내내 서러웠다. 할머니를 묻고 돌아섰어도 가루가 된 할머니보다 혼자인 내게 더 초점이 찍혀 있었으니까. 심지어 할머니가 원망스럽고 밉기까지 했다.

그렇게 며칠간 멍 때리는 동안에도 귓속을 떠나지 않는 말은 집 안에 금반지 하나 남겨 놓은 게 없다는 기주의 말이다. 정말 그럴까?

그렇다면 할머니의 금고는 집에 없는 게 분명하다. 서랍장에도 침대 옆 협탁 서랍에도 옷 방에도, 집 안 곳곳을 뒤져 봐도 금고가 될 만한 곳에는 아무것도 없다. 기주 말대로 금 실반지 하나 남겨 놓은 게 없다. 심지어 이제껏 할머니가 하고 다닌 액세서리는 모조, 그러니까 가짜라고 했다. 유품으로 병원에서 건네받은 봉투에 든 장신구를 보고 기주는 이미 알고 있는 듯 말했다. 애초에 할머니가 가짜라고 했다는 것이다. 진짜와 다를 바 없는 가짜라고 입버릇처럼 말했다고 했다.

가방 속에서 액세서리 봉투를 꺼내 보았다. 이것으로도 돈을 만들 수 없다니, 믿을 수가 없다. 어쩌면 이렇게 완벽하게 차단해 놓을 수 있을까. 어딘가에 표식 하나쯤은 있지 않을까? 나는 희망의 끈을 놓고 싶지 않았다. 그건 할머니와 내가 나눴던 보이지 않는 끈 같은 건지도 모른다. 네 뒤에는 할머니가 있으니 믿으라고 했던 끈.

할머니가 없는 하루해가 또 저물고 있다. 해가 서쪽으로 기울자 집 안의 온기가 쑥 빠져나간 듯 선득했다. 한낮의 날카로움이 사라진 저녁 햇살은 거실에 사선으로 비껴들었다. 이루 말할 수 없이 평화로운 정경이건만 그건 할머니가 있을 때 얘기였다. 어제의 그것과 오늘의 그것은 완전 다른 세상이다. 온갖 음모와 암호와 거짓과 위선으로 둘러싸여 아주 불온한 세상이 된 것 같았다. 창밖 정원의 나무도 하나둘 생기를 잃고 죽어 가는 것처럼 보였다.

할머니가 아끼던 널따란 월넛 식탁에 엎드려 앉았다. 나무 냄새가 났다. 따듯했다. 부드러운 나이테의 결이 손끝에 감지됐다. 손바닥으로 쓰다듬었다. 이제 이곳에서 할머니 친구들이 모여 왁자하게 음식을 먹고 고스톱 치는 모습을 볼 수 없게 된 것이다.

내가 할머니라면, 어린 손녀를 세상에 달랑 남겨 놓고 간다면 나는 어떤 표식을 남겨 놓을까,라는 가정을 줄곧 놓지 않았다. 무엇이 되었든 할머니가 남기고 간 것 중에 표식이 있을 거라는 생각이 들었다. 황급히 빈 종이를 꺼내 끼적거렸다.

'할머니가 남기고 간 것은?'

우선 두 가지로 분류했다.

기주의 코 고는 소리에 맞춰 할머니가 남긴 물건의 목록을 써 내려갔다.

***

<보이는 것>

- 장식장의 그릇들과 염소 인형

- 여행지에서 기념품으로 사 가지고 온 자질구레한 장신구와 장식품

- 할머니의 화려한 옷

- 세계 각지에서 사 온 찻잔과 다기와 그릇

- 가방? 고급진 가죽이긴 하지만 명품이 아님

- 집 안 곳곳의 가구들

- 창이 많아 해가 뜨고 질 때까지 빛이 드는 이 집과 정원의 나무들

<보이지 않는 것>

- 어딘가에 있을 통장과 비밀번호와 금붙이들, 진짜 패물

- 할머니의 이야기, 할머니와 지냈던 시간

- 할머니가 쓰던 물건의 내력, 할머니가 보여 준 태도

***

눈에 보이는 것은 지금 당장 확인할 수 있는 일이다. 눈에 보이지 않는 것을 찾아내려면 눈에 보이는 것을 세세히 살피면 되지 않을까. 지금 당장 할 수 있는 일은 그것뿐이라는 생각이 들었다. 단서는 거기서 나올 것이다.

다시 원점으로 돌아가 옷 방부터 뒤졌다. 할머니가 마지막 외출할 때 허물처럼 벗어 놓은 홈드레스가 보였다. 할머니의 체온이 느껴지

는 것 같았다. 걸어 놓은 옷까지 뒤졌지만 나온 것이 없다. 있다 해도 이미 기주의 손을 탔을 것이다. 기주는 벌써 뒤지고도 남았을 것이다. 저렇게 마음 놓고 자는 것을 보면 내가 나선다 해도 단서가 될 만한 것을 찾지 못할 거라는 걸 알기 때문이다. 혹여 있었다 해도 기주의 손에 넘어갔으면 그것으로 끝이다. 값나가는 물건이란 그런 것 아닌가? 누군가의 손에 넘어가면 누군가의 것이 되는 것. 돈이든 금붙이든 집이든 그게 재화의 속성 아닌가? 생각이 거기까지 다다르자, 눈앞이 핑 돌았다. 할머니 거는 곧 내 것인데 제 것도 제대로 챙기지 못했다는 생각이 들자 피가 바짝바짝 마르는 것 같고 손발이 발발 떨렸다. 그리고 무서웠다. 보이지 않는 많은 손으로부터 위협을 받고 있는 것 같았다. 무엇보다 한 지붕 아래 나를 가장 위협하는 적과 동침하고 있다는 생각이 제일 무서웠다.

할머니 옷 방 서랍장에 등을 대고 몸을 작게 웅크렸다. 무릎을 감싸 안고 한참 있었다. 내내 코끝을 맴도는 할머니의 체취가 너무나 익숙했다. 백합 꽃무늬 홈드레스에 얼굴을 묻었다. 머릿속부터 발끝까지 이완되는 느낌이다. 이대로 잠들고 싶었다. 이상하게도 할머니 옷에서는 아기 냄새가 났다. 그것도 갓 목욕하고 나온 뒤의 은은한 비누 냄새와 섞여서. 얼굴을 비볐다. 가슴 가득 물이 차오르는 것 같았다. 나는 그 물이 차올라 넘치기 전에 얼른 떨치고 일어났다. 지금 필요한 건 눈물이 아니다. 돈이다. 가구의 서랍과 도자기로 만든 함까지 뒤졌지만 나온 게 없다. 무언가를 담을 수 있게 생긴 건 무조건 열어 보았다. 완벽하게 없다.

최후로 미뤄 놓았던 할머니의 보석함을 열었다. 모조, 그러니까 짝퉁으로만 가득 차 있다는 꽃살 문양이 투각된 나무 보석함이다. 기주의 말을 듣고 나니 그동안 그렇게나 빛나고 값져 보였던 액세서리가 허접한 플라스틱 쪼가리로 보였다. 여기서도 돈을 만들 수 있는 것은 없다는 뜻이다. 한순간에 쓰레기로 변한 것을 내려다보았다. 지금은 돈이 되지 않는다면 모두 쓸모없는 것이다.

잿더미와 같은 액세서리들 한 귀퉁이에 동그랗고 빨간, 그야말로 진정한 빨간색 플라스틱 통이 보였다.

유치원 때 문구점 앞 뽑기 통에서 나온 반지를 할머니 생일 선물로 준 적이 있다. 엉성한 글씨로 '할머니 사랑해요, 할머니 오래오래 사세요.'라는 말 옆에 하트를 수십 개 그린 편지를 플라스틱 뽑기 통에 넣어 드린 기억이 났다. 이것을 아직도 간직하고 있다니. 코끝이 아려 왔다. 할머니 죽음 소식을 듣고부터 지금껏 야속하게도 눈물 한 방울 나오지 않았는데, 이따위 뽑기 통 앞에서 눈물이 비어져 나오다니. 이게 뭐라고, 오백 원도 안 되는 조악한 플라스틱 반지를 아직도 간직하고 있다니. 손녀가 준 처음이자 유일한 선물이라서 그런 것일까. 나는 자랄수록 할머니에게 하트가 그려진 손 편지를 준 적도 선물을 드린 적은 더군다나 없다. 할머니는 내게 그냥 할머니일 뿐이다. 엄마가 없다고 해서 아빠가 없다고 해서 할머니가 남다른 것이 아니라 그냥 여느 할머니와 같은 것이다. 어떤 날은 왜 그날 할머니가 죽지 않고 엄마 아빠가 죽게 내버려 뒀냐고 억지를 쓴 적도 있다. 엄마 아빠가 오는 자리에 할머니가 오는 게 창피하다고 말해 할머니의 안색을 하얗게 질리게 한 적도 있다. 그때 이후 할머니는 늙어 보이지 않기 위해 수단과 방법을 가리지 않았다. 그럼에도 불구하고 할머니는 내게 그냥 할머니였다. 할머니가 잔소리하는 게 귀찮았고 엄마 노릇 하려는 것도 보기 싫었고 유달리 나한테 집착하는 것처럼 보일 때는 정말 성가신 존재라고 여겼다. 엄마 같은 할머니이지 엄마는 아니지 않는가. 내 또래 아이들을 보면 엄마는 최고의 아군이자 최고로 악랄한 적군이기도 했다. 할머니도 그냥 나에게 그런 존재였다. 대개는 우산 같은 존재였지만 때에 따라서는 나를 억압하거나 부담을 주며 틈만 나면 간섭하려고 들어 성가셨다.

아귀가 단단히 맞물린 뽑기 통을 비틀어 열었다. 당시 내가 준 편지와 반지가 있었고, 그 옆에 낯선 카드 한 장이 보였다.

하이! 내 토깽이, 주연서!
할머니가 무엇 때문에 부자가 됐다고 했지?

할머니 글씨체이다. 가슴이 마구 뛰었다. 그럼 그렇지, 할머니가 내게 그럴 리 없다. 평소에 할머니가 내 엉덩이를 두들기며 부르는 말, 똥강아지 혹은 토깽이라고 하는데 나는 그럴 때마다 눈을 하얗

게 흘겨 뜨며 내가 왜 토끼냐고, 내가 왜 똥강아지냐고 앙앙거리곤 했다. 나를 그렇게 부를 사람은 할머니, 진이화 여사뿐이다.

비 오는 날, 교실 복도까지 찾아와 우산을 건네며 엉덩이를 어찌나 오랫동안 두들기는지 나는 아이들 눈을 피해 슬금슬금 할머니 손으로부터 멀어져 교실로 돌아오곤 했다. 그때도 어찌나 똥강아지라고 크게 부르던지. 할머니가 두 번 다시 그렇게 부르지 못하도록 달려가자 반가워서 그러는 줄 알고 함박웃음을 지으며 연신 내 엉덩이를 투덕거렸다. 나는 비 오는 것을 끔찍하게 싫어하기 때문에 할머니는 비가 오면 내가 어디에 있든 제일 먼저 달려왔다. 우산을 주고 가든 차에 태워 가든 비 한 방울 맞지 않게 해 주었다. 나는 비를 맞으면 예민해져 히스테리 같은 신경질을 부리곤 했다. 눈이 와도 마찬가지였다. 할머니는 그게 내 모습 중 제일 꼴 보기 싫은 거라고 했다. 살면서 눈비 오는 날이 얼마나 많은데 그럴 때마다 그런 모습으로 살 거냐고, 나를 몰아세우거나 닦달하기도 했다. 눈이 오면 오는 대로 비가 오면 비가 오는 대로 좋은 게 있는 거라고 말도 안 되는 소리로 설득하려고 했지만 나는 그럴 때마다 할머니를 흘겨보며, 엄마가 있었음 그렇게 말하지 않았을 거라고 대차게 쏘아붙이고 방으로 들어가기 일쑤였다. 그런 날, 할머니는 멍하니 오랫동안 TV를 보았으며 술을 한 잔씩 했던 것도 같다.

그런데, 이 뜬금없는 퀴즈는 뭐지? 할머니가 이런 상황을 염두에 두고 마련해 놓은 장치인가? 그럼 그렇지 할머니가 나한테 이렇게 매정할 리가 없다. 할머니가 무엇 때문에 부자가 됐냐고? 그건 내가 정확히 안다.

할머니는 염소 한 마리 때문에 부자가 되었다. 아니 더 정확히 얘기하면 염소우유를 넣은 빵 때문에 부자가 된 거다. 뭐 어쨌든 염소우유를 넣은 빵은 염소 한 마리에서 시작된 거니까. 그래서 근데 그게 뭐?

할머니는 여행지에서 염소 모양으로 된 목각 인형이나 가죽 열쇠고리, 봉제 인형 등 그 비슷한 모형이 있으면 어떻게든 구해 왔다. 어떤 때는 엉뚱한 모양의 동물을 염소인 양 착각하고 물고 빨고 한 적도 있다. 내 눈에는 분명 염소가 아닌데 할머니가 닦아 주고 쓰다듬어 주는 걸 보다 못해 안타까운 마음에 깨 준 적도 있다.

"할머니, 그건 염소 아닌데, 늑대도 좋아해?"

"에구머니나."

손에 들고 있던 늑대를 떨어트리며 실망하던 할머니의 눈빛이 어제처럼 선명했다.

"왜 염소에 꽂힌 거야?"라고 물으면 할머니는 처음을 잊지 않기 위해서라고 했다. "아예 염소를 키우지 그래?"라고 하면 할머니는 아주 의미심장한 웃음으로 나를 바라보았다. 할머니의 눈빛 속에는 내가 모르는 수만 가지 이야기가 들어 있는 것 같았다. 도무지 읽어 낼 수 없는. 이제는 그런 눈빛조차 마주할 수 없다. 처음을 잊지 않는다? 그게 뭐가 중요하냐고, 내가 김빠진 목소리로 물으면 조금 더 살아 보면 알 거라고, 지금은 모르지만 조금 더 살아 보면 자기 인생의 결정적인 순간이 무엇인지 선명해지는 법이라고 했다. 그 순간을 기억하는 건, 언제나 자신을 겸손하게 만들고 처음을 잊지 않게 해 주기 때문에 삶을 조금 더 견딜 수 있게 해 준다고 했다.

염소 한 마리 얘기는 아무리 들어도 질리지 않았다. 들을 때마다 슬프기도 했지만 신나기도 했다. 심지어 달콤한 할머니의 첫사랑까지 곁들어 있다. 할머니의 사랑 얘기를 들으면 나도 모르게 눈꼬리로 눈물이 흘렀다. 콩알만 한 것이 무얼 알아서 우냐고 할머니가 눈물을 닦아 주며 웃어도 마냥 슬펐다. 그냥 슬펐다. 무턱대고 슬펐다. 가슴을 누른다고 해야 하나? 너무 슬퍼서 조곤조곤 얘기를 이어 가는 할머니의 입을 막은 적도 있다.

"할머니, 슬퍼. 그만해."

그렇게 할머니와 영혼이 통했던 순수한 시절도 있었다.

그러다가도 내가 또, 또, 그러면서 얘기를 재촉하면 할머니는 좋아라 웃으며 시작했다. 그게 꽤 여러 번 되니 각인될 수밖에. 할머니에 대한 나의 애정은 확신할 수 없지만 할머니가 들려준 얘기는 마치 내가 겪은 거처럼 또렷하게 남아 있다. 거기다 내 양 볼과 곱슬곱슬한 잔머리칼을 연신 쓸어 올리며 했던 말까지.

"닮았어, 많이 닮았어. 꼭 닮았어."

그런 뒤 할머니는 아주 먼 시간으로 돌아간 것처럼 물기 어린 눈빛을 했다. 그때는 그냥 흘려들었던 말인데, 새록새록 되살아났다.

이것도 다 어렸을 때 얘기이다. 나는 자랄수록 그 이야기도 까마

득하게 잊은 거처럼 점점 더 할머니께 살차게 구는 못된 손녀였다.

할머니는 해방둥이이다. 그러니까 우리나라가 일본으로부터 해방되었을 때 태어났다. 할머니는 일곱 살 때 전쟁으로 아버지를 잃었으며 열세 살 무렵부터 가장 노릇을 했다. 전교 1등을 하던 할머니는 중학교 교복을 입어 보지 못했으며 교복 입은 친구들을 보는 게 괴로워서 피해 다니기도 했다. 그렇게 몇 년이 흐른 뒤, 어느 날 나뭇짐을 이고 동네 어귀로 내려오는데 교복 입은 친구들이 나란히 걸어오는 것을 보게 되었다. 그들을 피하기 위해 외진 산길로 돌아 내려오다 그만 울음이 복받쳐 나뭇짐을 팽개친 뒤 꺽꺽 울었다.

'나는 어떻게 되는 것일까. 앞으로 나는 어떻게 되는 거지? 이대로 천덕꾸러기처럼 나무나 하고 동생들 밥이나 하다 끝나는 걸까. 도대체 내 인생은 어디로 흘러가는 것일까?'

그렇게 답도 없는 질문을 하며 숨죽여 울다가 고개를 들었을 때, 곁에 하얀 염소 한 마리가 풀을 뜯는 게 보였다. 염소는 할머니가 우는 모습을 죄 지켜본 뒤 못 본 척하는 것처럼 천연덕스럽게 풀을 질겅거렸다. 어처구니가 없어서 고개를 들어 하늘을 보았을 때, 목화송이 같은 구름이 한 아름 펼쳐져 있었다. 저 구름 중에 한 뭉텅이가 내려와 염소 형상을 하고 있는 것이 아닌가 할 정도로 흰 염소는 무척 비현실적으로 보였다. 손등으로 눈물을 훔치고 다시 보아도 염소는 사라지지 않았다. 염소가 질겅질겅 턱을 움직일 때마다 따랑따랑 방울 소리가 났다. 그 바람에 눈물이 멈췄고, 주변을 찬찬히 둘러

보게 되었다. 염소의 눈빛은 평온하고 담담했다. 심지어 염소의 눈이 인자하게 웃고 있는 것도 같았다. 염소와 염소가 바라보던 하늘을 번갈아 바라보노라니 어느새 방울 소리는 이렇게 들렸다.

"그래그래, 네 맘 다 알아. 괜찮아, 괜찮아. 울고 싶으면 울어."

그 후부터는 친구들을 피해 산길을 가는 것이 아니라 염소를 보기 위해 돌아가는 길이 되었다. 새 풀이 날 때는 마른 볏짚을 주기도, 건초가 많은 가을 무렵에는 꼴을 베어다 주고 고구마 순과 콩대를 가져다주며, 염소에게 속마음을 털어놓았다. 들은 말을 다른 이에게 옮길까 걱정하지 않아도 되고, 교복을 입지 않은 자신을 불쌍하게 보지도 않으며, 어쭙잖은 위로의 말로 부아가 치밀게 만들지도 않았다. 참으로 편했다. 마냥 들어 주기만 하는 염소가 듣는 둥 마는 둥 풀을 질겅질겅 씹으며 가끔씩 먼 하늘을 바라보면, 할머니도 따라서 먼 하늘을 보았다. 염소에게 속 얘기를 털어놓으면 한바탕 소낙비를 맞은 거처럼 속이 풀렸다.

목에 방울이 달렸다는 건 주인이 있다는 거다. 당시 좀 사는 집에는 소나 돼지, 염소를 키웠다. 고삐도 매어 놓지 않고 풀어서 키우는 게 좀 특별해 보였다. 풀어놓는다 한들 남의 집 숟가락 모양새까지 아는 동네라 고삐 풀린 가축을 알아보는 건 일도 아니었지만 도통 누구네 염소인지 감이 잡히지 않았다. 저 산 너머 도회지와 가까운 신촌에서 왔는지도 모를 일이라고 짐작만 할 뿐이다.

한동안 염소가 보이지 않았다. 인근 산 아래와 중턱까지 뒤져 보았지만 찾을 수 없었다. 뽀얗고 하얘서 숲에 있으면 단연 눈에 띄는데 보이지 않았다. 가슴속에 있던 따뜻한 난로 같은 게 없어진 것 같아 허탈한 마음을 가늘 길이 없었다. 맨손으로 풀을 뜯으며 몇 날을 기다려도 염소는 보이지 않았다. 주려고 쌓아 놓은 꼴이 누렇게 떠서 시들어 가도 목화송이 염소는 나타나지 않았다.

그러던 어느 날, 새끼 염소 한 마리가 집으로 오게 되었다. 그동안 볏짚을 주고 고구마 순과 콩깍지를 챙겨 준 이화 몫이라며 염소 주인이 사람을 시켜 보내왔다는 것이다. 언덕 너머에 사는 목화송이 염소가 새끼를 낳은 것이다. 병이 난 건 아닌가 걱정했는데, 새끼를 낳느라 그간 보이지 않았던 거다. 새끼 염소를 안아 들고 울음을 터트렸다. 보드랍고 윤기 흐르는 새끼 염소의 등은 너무나 따뜻했다.

아버지가 없는 가난한 집에도 가축이 생겼다. 그 염소는 짐작한 대로 신촌에서 왔다. 잘사는 집이 많으며 먹는 것과 입는 것이 이 동네와는 결이 다르다고 상상했던 그곳에서 온 것이다.

높은 곳을 좋아하는 이 특별한 염소 때문에 가끔은 염소 주인도 산언덕을 올랐는데 누군가 갖다준 건초와 누군가 베어다 준 콩대의 흔적을 보게 되었다. 먼발치서 염소와 이야기하는 어린 이화를 보게 되었고 집을 수소문해 그 몫을 조금 준 것뿐이라고 했다. 할머니는 그때 처음으로 작은 틈 사이로 빛이 내려오는 것 같았다고 했다. 누구냐고 만나고 싶다고 해도 염소 주인은 한사코 거절 의사를 전해 왔다. 당시 어른들 말로는 아파서 사람 만나는 걸 꺼린다고 했다. 할머니에게 염소 주인은 언젠가는 만나야 할, 만나고 싶은 그리운 사람이 되었다.

할머니의 결정적인 선택은 그때부터 시작된 것 아닐까, 염소 주인을 찾아 나선 그때 그 시간.

꿈꾸듯 할머니의 염소 이야기를 떠올리다 까무룩 잠이 든 모양이다. 머리가 아플 정도로 피곤한데도 잠이 오지 않은 날이 많았는데 할머니의 염소 이야기를 떠올리자 시나브로 잠이 쏟아졌다. 염소 이야기를 들으며 잠들던 어린 시절이 소환되었던 모양이다. 어느덧 옷방 창으로 비껴들던 빛도 사라지고 창밖은 까맣게 어두웠다.

기주가 밥 먹으라고, 어디 있냐고 소리쳤다. 배가 몹시 고팠다. 조금씩 식욕이 돌기 시작했다. 할머니를 묻고 난 뒤 밥을 먹자고 했을 때 한 숟갈도 뜨지 않는 나를 보며 산 사람은 살아야지 하던 말이 떠올랐다. 산 사람은 어떻게든 살아지는 거다. 슬픔은 참을 수 있지만 배고픈 건 참을 수 있는 영역이 아니다. 빈 위장은 슬픔도 이길 정도로 힘이 세다는 걸 알았고 잠도 누구도 말릴 수 없다는 걸 알았다.

김치볶음밥과 떡볶이에서 김이 모락모락 났다. 고슬고슬하게 밥알이 살아 있는 김치볶음밥 위에 치즈가 하얗게 녹아내렸다. 떡볶이의 매운 냄새가 식욕을 자극했다. 할머니 말대로 기주는 여우다. 며칠간은 죽과 흰밥으로 속을 달래 주는가 싶더니 어느 정도 먹는 것을 보고 자극적인 것으로 식욕을 돋우어 주었다. 할머니를 꼼짝 못하게 한 것도, 할머니 속에 들어갔다 나온 거처럼 척척 차려 내는 음식이었을 것이다. 그건 나도 인정이다.

그간 식탁에 음식을 차려 놓고 제 방으로 들어가더니 오늘은 그러지 않았다. 기주는 눈을 내리깔고 '네가 나 없이 살 수 있을 것 같아?' 하는 표정으로 물컵을 소리 나게 내려놓으며 말했다.

"식어, 얼른 먹어."

살뜰히 먹을 것을 챙기는 목소리는 변함이 없다. 마음의 빗장이 슬쩍 풀어지려고 했다.

"왜 이래? 가라니까."

나는 섣불리 수저를 들지 않고 맛깔나게 차려진 음식의 유혹을 누르며 속에도 없는 말로 쏘아붙였다. 기주는 멈칫하더니 뒤돌아서며 말했다.

"월급, 퇴, 퇴직금 받기 전에는 못 가. 널 잘 먹여야지 받아 낼 거 아니니?"

"잘 먹인 다음 잡아먹겠다는 소리로 들린다."

"같은 말이지."

기주의 말투는 나무토막처럼 뻣뻣하기 이를 데 없다. 마음을 풀려던 것이 후회되었다. 다시 빗장을 질렀다.

나는 말없이 김치볶음밥 한 접시와 떡볶이를 해치웠다.

'젠장, 왜 이렇게 맛있는 거야.'

어느 것도 배고픔을 이기지 못한다는 말은 확실히 맞는 말이다.

밥을 먹으면서도 내내 염소 한 마리를 떠올렸다. 그래, 근데 그게 뭐? 하며 고개를 들었을 때, 식탁 옆 장식장 안에 든, 목각 염소 인형에서 빛이 났다. 마치 '나, 여기 있어' 하며 앞발을 들어 흔드는 거처럼 움직임도 보였다. 할머니가 사들인 염소 인형 중 유일하게 속이 비어 있는, 뭔가를 숨기기에 가장 적합한 크기의 인형이다. 트로이 목마처럼 속이 비어 있는 인형이라며 재미있어했던 기억이 났다. 할머니가 그리스에서 사 온 것이다. 내가 왜 목마도 아니고 염소냐고 했을 때 할머니가 말없이 입꼬리를 올리며 의미심장하게 웃던 기억이 났다. 김치볶음밥을 우물거리며 그때의 할머니를 떠올리자 저절로 입꼬리가 올라가는 느낌이다. 행여 기주가 눈치챌까 봐 접시 바닥을 긁는 척하며 고개를 숙였다. 할머니가 무엇 때문에 부자가 되었냐고 물은 건, 나와 할머니만이 아는 신호이다. 할머니가 정말로 머리를 많이 쓴 거다. 아무도 눈치채지 못하게 나에게 말을 건 거다. 할머니는 나 이외의 사람은 모두 경계 대상으로 삼은 것이다. 특히 저 앙큼한 속내를 감추고 있는 기주의 본모습을 익히 알고 있어서 경계 대상 1호로 삼았을 것이다. 가장 안전하고 가장 위험성이 적으며 가장 손실이 적은 범위에서 할머니의 재산을 넘겨주기 위한 고도의 전략이 숨어 있는 것이다.

가슴이 마구 두근댔다. 할머니가 소원했던, 우아하지만 내게는 아주 무례한 이별의 하루가 또 지나고 있다.

하루 중 가장 좋아하는 풍경은

남은 김치볶음밥과 떡볶이를 해치우더니 기주는 또다시 코를 골며 잤다. 기주에게 식탐과 잠이 많은 것이 이렇게 고마울 수가 없다. 기주의 코 고는 소리는 내게 안정감을 주었다. 이 집에 나 혼자 있지 않되 경계 대상이 가장 무력한 상태로 있다는 안도감 같은 것이다.

장식장 문을 소리 나지 않게 열고 염소 모양 목각 인형을 꺼냈다. 새끼 염소 한 마리와 맞먹을 만한 크기였다. 할머니가 어린 시절에 만났던 목화송이 염소처럼 생겼다. 목을 길게 늘이고 순하게 풀을 뜯는 모양새이다. 입가에 순한 미소까지 머금은 인자한 아주머니 염소 같았다. 등과 배에는 크림색을, 눈에는 따뜻함이 배어나는 옅은 미색을 칠했다. 갈색 눈동자는 가로로 그어져 살포시 웃고 있다. 어린 할머니에게 기꺼이 자기 새끼를 내주던 내가 상상했던 목화송이 염소와 꼭 닮았다.

염소 인형은 제법 묵직했다. 가슴팍까지 끌어안은 뒤 발뒤꿈치를 들고 내 방으로 향했다. 행여 기주가 보기라도 하면 안 되니까. 자칫 할머니의 신호를 알아채기라도 하면 나를 가만히 두지 않을 테니까. 고문을 해서라도 제 몫을 받아 낼 것이고 그 이상의 것을 요구하거나 나 모르게 챙길지도 모른다. 어린 나를 어떻게든 구워삶아 제 것을 취하고도 남을 것처럼 보였다. 요즘 기주의 눈은 완전 욕심으로 디글디글 끓어올랐다.

소리 나지 않게 내려놓은 뒤 염소를 살폈다. 튼실한 두 다리는 실물처럼 사실적으로 조각되었다. 길게 늘인 목은 자꾸만 쓰다듬고 싶을 정도로 가파르면서도 완만한 게 아주 순종적인 목덜미를 하고 있다. 염소의 배를 두들겨 보았다. 퉁퉁퉁, 속이 비어 있는 구조는 분명했다. 통나무로 조각을 하고 속을 파낸 것이다. 할머니가 구한 염소 인형 중에는 최고로 비싼 거라고 하던 게 생각났다. 흔들어 보았다. 묵직했다. 그런데 소리는 나지 않았다. 무언가로 꽉 차 있으면 소리가 나지 않는 법.

염소의 배를 만져 보았다. 직사각형으로 뚫려 있는 귀퉁이마다 나사못으로 단단히 조여져 있다. 배 안에 뭔가를 넣을 수 있는 구조이다. 단단한 비밀을 간직한 거처럼 보였다. 현금 다발을 넣어 놨을지도 모른다. 아님 금덩어리를 넣어 놔서 묵직한 건지도 모른다. 숨이 턱까지 차올랐다. 긴장감으로 입 안이 쩍쩍 들러붙는 것 같았다.

뒤꿈치를 들고 드라이버를 찾기 위해 다용도실로 향했다. 다용도실로 가려면 기주 방을 지나야 한다. 그제야 기주의 코 고는 소리를 의식하지 않았다는 생각이 들었다. 기주 방을 지나 거실을 향해 귀를 기울였다. 너무나 조용했다.

까치발로 살금살금 걸었다.

"뭐 해?"

느닷없이 기주의 목소리가 날아들었다. 나는 소스라치게 놀랐다. 기주가 양손에 화과자를 들고 냉장고 앞에서 우물거리며 물었다.

"왜 그렇게 노, 놀래? 뭐 나 몰래 먹은 거라도 있는 거 아니야?"

도둑이 제 발 저린 격이다. 조용히 쭈그려 있는가 싶더니 저녁 먹을 때 몇 마디 말을 붙여 준 게 기주의 기를 살려 준 모양이다.

기가 막혀 대답 없이 화과자를 뚫어지게 바라보았다. 화과자는 할머니가 식후에 홍차랑 먹는 디저트이다. 나는 너무 달아서 입에 댄 적이 없다. 말없이 화과자를 쏘아보았다.

"머, 먹 먹을래?"

두 눈에서 불이 번쩍 일었다. 할머니를 함부로 대하다 못해 먹어 치우는 것 같아 분노가 일었다.

완전 제집처럼 굴었다. 내 간식 챙긴 후 남은 것을 먹던 기주가 아니었다. 그동안의 억울함을 풀기라도 할 것처럼 온갖 곳을 뒤지며 먹어 댔다. 할머니가 저 꼴을 봤다면 집 안이 떠나가게 불호령을 내렸을 것이다.

"너, 넌 이거 안 먹잖아. 여사님도 안 계시고, 그럼 누군가는 해치워야지, 뭐."

요는 해치워 주신다는 거다. 그러니 국으로 가만히 있으라는 얘기다.

"이, 이 맛있는 거를 어쩜 그리 생전 먹어 보라 소리 한마디 안 하시던지. 여사님도 참 대단하셔. 씹을 겨를도 없이 살살 녹네 녹아."

보란 듯이 새것을 꺼내 바스락거리며 뜯은 뒤, 화과자를 먹어 치웠다. 뻔뻔스러움을 넘어 나와 할머니를 모욕하는 것 같았다. 아니 씹어 먹는 것 같았다.

기주를 밀치며 물을 꺼낸 뒤 벌컥벌컥 들이켰다. 거칠게 숨을 몰아쉬며 방으로 돌아왔다. 흥분하지 말자, 침착함을 잃으면 당한다는 말을 주문처럼 되뇌었다.

기주는 뭔가 낌새를 알아내려고 자꾸만 내게 도발하는 것 같았다. 말려들면 안 된다, 내게는 더 큰 목표가 있다, 그깟 화과자쯤이야, 충분히 내줄 수 있다고 다잡으며 숨을 골랐다.

드라이버가 필요하다는 것을 알면 필시 뭐가 있어서 그러는 거라고 기주의 촉이 발동할지도 모른다. 더군다나 지금 뭐라도 있으면 먹어 치우든, 가지고 나가든 도사리고 있지 않은가. 기주가 그동안 쌓인 게 많은 모양이다. 할머니가 찬물이 뚝뚝 떨어질 정도로 야멸차게 대하는 걸 많이 봤다. 아주 엄격한 사감 같았다. 부모 도움 없이 살아가려면 스스로 힘이 있어야 한다며 공부도 하라고 권했고 유달리 먹는 거에 집착하는 건 속이 허해서 그런 거라고 헤아려 줄 때도 있었다. 마치 기주를 핑계 삼아 나한테 에둘러 말하는 거처럼 내 귀에도 날카롭게 꽂히던 말이었다. 기주는 먹는 거에만 집착했지 그 외에는 관심을 두지 않았다. 그런데 알고 보니 절대 호락호락하게 봐서는 안 될 사람이었다. 그동안 발톱을 숨기고 있던 거다. 자기보다 더 촉이 명민한 할머니에게서 살아남기 위해 납작 엎드려 있었던 것뿐이다. 기주의 침대 머리맡에 적혀 있는 '끝이 없는 일은 없다'라는 말의 뜻이 짚어졌다. 등골이 서늘했다. 오늘 이 순간을 고대하며 써 놓은 말일지도 모른다. 모든 생명은 언젠가 끝이 있으니까, 할머니도 언젠가 죽을 거라는 걸 생각한 글귀 같았다. 생각할수록 소름이 돋았다. 그야말로 정나미가 떨어졌다. 기주는 거실 안마 의자에 앉아 TV를 보고 있다. 기주가 다시 잠들 때까지 기다려야 한다. 안마 의자 또한 할머니가 계시는 동안에 기주는 얼씬도 못 했던 물건이다.

밀린 월급과 퇴직금이라는 말에 전세가 기주 쪽으로 기운 건 사실이다. 누가 주인이고 객인지 모를 지경이다. 집주인인 나는 객의 눈치를 보며 방에 갇혀 있고 기주는 마치 제 세상을 만난 양 이 집 안에서 활개 치고 있다. 나는 한참 동안 기주의 기척에 예민하게 귀를 기울였다. 안마 의자에서 비비적거리는 소리가 나지 않았다. 다시 까치발을 하고 방을 나섰다. 기주는 한 손에 리모컨을 들고 입을 벌린 채 안마 의자에서 잠들어 있다. 다용도실 문을 소리 나지 않게 열고 공구함을 열었다. 비슷하게 생긴 공구가 많았다. 뭐가 이리 많은지 어떤 것을 가져가야 할지 몰라 당황했다. 공구함을 다 들고 가는 수밖에 없다. 그런데 공구함은 꿈쩍도 하지 않았다. 공구함이야말로 벽돌로 꽉 찬 거처럼 묵직했다. 다시 공구함을 연 뒤, 드라이버 비슷한 것들을 한 움큼 꺼내 들고 내 방으로 향했다. 기주가 꿈을 꾸는지 안마 의자에서 입을 쩝쩝거리며 비척거렸다.

십자 모양 드라이버로 염소의 배를 열었다. 소리 나지 않게 하려고 담요를 씌운 뒤 돌렸다. 손바닥에 진땀이 배어났다. 목덜미도 땀으로 끈끈했다. 축축한 손바닥의 감촉으로 염소의 배 속을 더듬었다. 아무것도 잡히는 게 없다. 현금 뭉치 같은 것도 금덩어리 같은 것도 없다. 그냥 비어 있다.

이럴 수가. 아무것도 없다니. 나는 그 자리에 털썩 주저앉았다. 암담했다. 빛이 사라지며 암전되는 느낌이다. 이게 아니란 말이지? 다른 염소인가? 그래, 장식장에는 목화송이 염소 말고도 수많은 염소 인형이 있으니 기회가 다 사라진 건 아니다. 그렇지만 가장 비싸고 가장 아끼는 목화송이 닮은 염소라고 생각했건만. 염소의 배가 위로 가도록 뒤집어 보았다. 핸드폰의 불을 켜고 염소 배 속을 살폈다. 등 쪽에 작은 쪽지를 압정으로 고정해 놓은 것이 보였다. 머리끝이 쭈뼛 섰다. 전기가 훑고 지나는 거처럼 전신에 소름이 돋았다. 숨이 찼다. 심호흡을 하며 숨을 골랐다. 그럼 그렇지.

"할머니, 대에박."

나도 모르게 탄성과 같은 말이 흘러나왔다. 쪽지가 움직이거나 배 속에 들어 있는 것을 숨기기 위해 고정해 놓은 거다. 할머니는 꽤 오랫동안 그리고 아주 면밀하게 이 순간을 준비했나 보다.

쪽지를 펴 보았다. 손끝이 파르르 떨렸다.

하이, 내 똥강아지 용케 찾았네, 기특하네. 할머니가 하루 중 가장 좋아하는 시간이 있지, 그걸 그림 그리듯이 묘사해 놓은 책이 있더

라. 장장 두 페이지에 걸쳐서. 그 페이지 수를 찾아내. 아주 중요한
숫자란다.
할미가 강아지한테 읽으라고 했는데 우리 강아지 읽었나 몰라.

맥이 쪽 빠졌다. 할머니의 쪽지를 들고 멍하니 허공을 바라보았
다. 뭐 하자는 거지? 짜증이 일었다. 통장 비밀번호라든가, 현금 뭉
치라든가, 값나가는 보석 같은 것을 안겨 줄 것이지 이따위 것이 무
엇이라고 이렇게 배배 꽈배기처럼 꽈 놓았단 말인가. 울고 싶었다.
더 이상 머리 쓰고 싶지 않았다. 짜증이 올라와서 머릿속이 터질 것
같았다. 배에 구멍이 뚫린 채 하늘을 향해 발라당 누워 있는 목화송
이 염소는 이제 도축되어 바비큐가 된 모양새였다. 그것도 노랗게 잘
구워진 모습으로. 어떤 생명력도 없는 통나무로 보였다.
　이제 그 온기는 책으로 옮겨 갔다. 책 속에 돈의 행방이 있다는
것이다. 두 페이지의 숫자라고 했다. 계좌 비밀번호 아닐까. 없던 의
욕이 어디선가 또 스멀스멀 올라왔다. 나는 나를 북돋워야 한다. 지
치면 안 된다. 포기하면 안 된다. 할머니가 남긴 그 많은 유산들이
나를 기다리고 있다. 어떻게든 할머니가 낸 게임을 풀어야 한다. 그
게 살길이다.
　나는 책 읽기를 싫어한다. 책 읽는 건 너무 힘들다. 생각하고 머리
쓰는 게 싫었다. 할머니가 공부보다 더 강조한 건 책 읽기였다. 할머
니는 빵을 구우면서도 손에서 책을 놓지 않았다.

"속이 차면 사람이든 빵이든 결이 달라지는 거야."

할머니가 책을 권할 때마다 하던 소리였다. 당시 귓등으로 흘려넘긴 말들이 되살아났다. 이제 그 말들을 허리 숙여 주워 담지 않으면 내게 어떤 기회도 주지 않을 것 같았다. 당장 살길을 열어 가려면 할머니와 나누었던 말들의 토씨 하나도 틀리지 않게 복기해야 한다.

우선 책부터 찾아야 한다. 할머니가 읽으라고 했는데 읽지 않은 책이 한두 권이 아니었다. 읽은 것을 검사한 뒤 용돈을 주는 시스템이었는데, 인터넷에 나와 있는 소개 글을 대강 읽고 얘기하면 할머니는 속아 넘어갔다. 아니 다 알면서도 속는 척했다. 용돈을 받아 뒤돌아서는 내 뒤통수에 대고 '검색해 본 게 어디야.' 하며 읊조리던 할머니의 목소리를 듣고도 못 들은 척했다. 용돈을 압수당할까 봐 두 번도 묻지 않고 내 방으로 들어가 버렸다. 왜 그렇게 필사적으로 거부했는지 모르겠다. 한 번쯤 고분고분 할머니 말을 들어줄 줄도 알았어야 했는데. 마치 할머니 속을 까맣게 태우는 게 내 본연의 의무인 것처럼 굴었다. 지나고 나니 나의 어리광이 훤히 보였다. 이제껏 투정을 부린 인생이라는 생각이 들었다. 끊임없이 징징대고 반항하고 탓하고. 한마디로 할머니가 옴짝달싹할 수 없는 손녀라는 유세를 떤 거다. 할머니의 아킬레스건이 나라는 것을 영악스럽게도 일찌감치 파악했던 거다. 그런 건 가르쳐 주지 않아도 본능적으로 아는 모양이다. 누가 더 우위에 있는지는 본능의 세계에 가까울수록 배우지 않아도 안다. 상대의 존재가 사라지면 더 이상 유효하지 않은 짓을 17년 내내 한 거다. 할머니가 떠나자, 외려 할머니에 대한 생각이

한시도 머릿속을 떠나지 않았다.

책꽂이의 책을 훑었다. 할머니가 말한 그 장면을 찾으려면 그동안 경중경중 읽었던 책을 다시 꼼꼼히 읽어야 한다. 그러기 전에는 할머니의 유산에 한 푼도 손댈 수 없을 것이다.

할머니가 하루 중 가장 좋아하는 풍경은 해 질 녘이다. 해가 질 때 식은 빛을 받아 나뭇잎이 투명하게 연둣빛으로 얼비칠 때, 지는 해에 호수의 물비늘이 반짝이며 부서질 때이다. 그러고 보니 할머니와 공유하는 것이 꽤 되었다. 아님 내가 알고 있을 법한 것 위주로, 할머니가 포석을 깔아 놓았는지도 모르겠다. 할머니는 살아생전 나에게 끊임없이 관심을 유도했다. 드라이브를 같이 하자고 했고, 해 질 녘이면 산책을 나가자고 조르는 일도 많았다. 특히 할머니가 좋아했던 건 여름 저녁 산책이다. 해가 어느 계절보다 긴 여름 저녁을 할머니는 무척 좋아했다. 나는 그때마다 시험이다, 바쁘다, 할 일이 많다며 피했다. 그러다가 적선하듯 한두 번씩, 그렇지만 반드시 나에게 용돈이라는 이득이 생길 때만 따라나섰다. 할머니는 천천히 걸으며 내가 듣거나 말거나 혼잣말처럼 얘기할 때가 많았다. 무차별적으로 들어오는 할머니 말을 듣는 것도 싫었다. 나가지 않겠다고 하면 언제나 용돈은 삭감되었다. 할머니의 계산은 정확했다. 봐주는 게 없었다. 용돈 때문에 할 수 없이 따라나서는 경우가 대부분이었다.

할머니는 그만한 값을 지불하지 않으면 유산을 절대 내놓지 않을 모양이다. 용돈을 타 쓰는 데에도 언제나 조건이 따라붙은 것처럼.

할머니가 읽으라고 했던 책이 수북했다. 노을 진 풍경이랑 동떨어진 자기 계발서는 빼 놓았다. 에세이나 소설책이 아닐까? 책을 분류하듯이 추려 보았다. 한 권이라도 더 읽는 수고로움을 덜기 위해서이다. 할머니의 힌트는 언제나 뒤통수를 쳤으니 이번에도 내가 설정해 놓은 범위를 벗어날지도 모른다. 어쩌면 이 책을 다 읽어야지만 찾아낼 수 있을지도 모른다. 그것도 꼼꼼히 읽지 않으면 도저히 찾아낼 수 없는, 두 페이지의 숫자 조합이 힌트라고 했으니.

빨리 찾아내기는 글렀다. 쌓여 있는 책들을 보자, 절로 한숨이 나왔다.

어쨌든 힌트의 순서는 맞게 찾은 것 같았다. 자칫 순서만 틀리게 찾아도 아귀 맞추기가 쉽지 않을 것이다. 가만히 있어 보자, 그런데 이 게임은 좀 익숙했다. 얼마 전, 할머니와 나누었던 대화랑 겹치는 느낌이 들었다.

"할머니랑 게임하던 거 기억나?"

기주가 저녁 준비를 위해 장 보러 나가고 할머니는 홍차를, 나는 아이스크림을 퍼먹던 일요일 오후였다.

"부루마블?"

내가 아이스크림을 먹다 말고 되물었다.

"아, 그러네, 골치 아픈 세계 여행 보드게임도 있었구나."

나는 유독 그 게임을 좋아했다. 뭐가 뭔지 모르지만 자유로워진 기분이라고 할까. 세계에서 제일 부자가 된 느낌이었다. 나라도 사고 섬도 사고 주사위 하나만 굴리면 못 가는 곳이 없는 게 좋았다. 할머니는 그 게임으로 내게 경제 교육을 시켰다. 돈 구분하는 것부터 시작해 계산법까지. 할머니는 그래서 그 게임을 좋아하는 척했다. 할머니는 종이돈을 죄 섞어 놓고 가름하는 것부터 시켰다. 그걸 가르는 일부터 묘한 매력이 있었다. 내가 워낙 돈을 좋아해서 그런지도 모른다.

내가 종이돈을 가름하는 동안, 할머니는 장식장에서 목화송이 염소를 꺼내 융단 손수건으로 등을 문지르며 말했다.

"네가 한글 떼고 나서 할미랑 했던 게임인데."

할머니는 당신의 마지막도 아셨던 걸까. 돌아보니 그날 그 순간에 할머니는 나에게 무수한 사인을 보낸 거였다.

"그게 언제 얘기인데 할머니는? 그건 부루마블보다 한참 전에 했던 건데?"

할머니의 기억은 내가 유치원 때에 머물러 있는 것 같다. 더 이상 나를 성장시키지 않는 듯 그 옛날의 얘기를 끄집어냈다. 닭살 돋아서 기억하고 싶지 않은 어릴 때 이야기를. 하긴 할머니에게는 그때의 내가 가장 천사 같은 모습으로 기억됐을 것이다. 나는 클수록 뻗대기나 하는 떼쟁이가 되었으니.

"그때 네가 끓여 준 홍차와 곁들여 낸 쿠키가 지금도 입 속에서 살살 녹는 거 같다."

할머니는 그때 그 시간으로 돌아간 것처럼 고개를 살살 저으며 눈을 지그시 감았다. 마치 입 안에 쿠키와 홍차를 궁굴리는 거처럼 입맛까지 다셨다.

《오늘은 무슨 날?》*을 본 뒤 그림책 내용을 그대로 흉내 냈던 기억이 난다. 그 당시만 해도 어린이집이나 유치원에서 배운 걸 집에 와서 할머니께 그대로 보여 주는 괜찮은 아이였다. 할머니는 그럴 때마다 내 똥강아지 천재 아니냐고 호들갑을 떨었다. 다만 흉내 내는 것뿐이었는데 할머니는 천재니 뭐니 하며 당신이 만든 최고의 작품을 보듯 경외하는 눈빛으로 나를 바라보았다. 그때는 할머니 비위를 맞추거나 구워삶는 게 참 쉬울 거라고 생각했다. 자랄수록 할머니의 마음을 공짜로 사는 게 쉽지 않다는 걸 알았다. 할머니는 상응하는 대가를 주는 식으로 나를 길들였다.

노란 홍차와 쿠키를 먹기 위해 할머니는 반나절 동안 내가 내는 퀴즈대로 움직여야 했다. 할머니가 이게 뭐냐고, 고단하니 그만하자고 포기한다는 말까지 나올 정도로 나는 촘촘하고 치밀하게 퀴즈를 냈다.

'서랍장 두 번째로 가 보세요.' '오호 찾으셨군요, 제법인데요?' '거실 콘솔 위 마리아상 받침으로 무엇이 있나요?' '아직도 멀었어요. 조금만 더 기운 내세요. 정원의 모과나무 둥치 구멍 속에 손을 넣어 보세요.' '휴, 다 왔어요, 조금만 기운 내요, 이마에 땀 좀 났죠?' 등등.

단순하지만 귀여운 멘트를 넣어 가며 단계별로 길 안내를 해 두었다. 할머니가 편지를 찾아 움직이는 동안 나는 식탁 위에 다과상을 차렸다. 그에 비하면 할머니의 퀴즈는 복잡하고 여간 힘든 게 아니

---

* 테이지 세타가 짓고 하야시 아키코가 그린 그림책.

다. 더군다나 시간과 노력, 그러니까 온갖 정성과 난관 극복을 요구
했다. 당시 유치원생인 내가 낸 게임과는 급이 달랐다. 그날은 할머
니 생신이었고 선물로 홍차와 쿠키를 마련한 내 나름의 이벤트를 펼
쳐 준 날이었다. 그때의 나와 지금의 나는 너무 다르다. 마치 다른 사
람처럼 변했다. 할머니도 그때의 나를 몹시 그리워하는 듯했다. 마치
그때의 시간에 머물러 있는 거처럼.

　머리맡에 책을 쌓아 놓고 침대에 누웠다. 이 난국에 어떻게 책을
읽으라고 이런 게임을 제안한 것일까. 기주가 잠에 취해 제 방으로
들어가는지 비척비척 움직이는 소리가 들렸다. 할머니는 나의 최대
난관인 기주까지 포석으로 깔아 놓았다. 기주는 내게 있어서 천적과
마찬가지이다. 천적에게 먹히지 않으려면 위장술을 잘 써야 한다. 노
출되면 어느 순간 나를 꿀꺽 삼켜 버릴 것이다. 나 대신 손녀 노릇을
하며 할머니의 유산까지 꿀꺽할지도 모른다. 그렇지만 천적을 잘 이
용하면 나는 아주 생생하게 살아 있을 것이다. 천적을 피하기 위해
필사적으로 헤엄치는 수조의 활어처럼 살아남아 할머니의 유산을
쓰며 아주 달콤한 인생을 살게 될 것이다.

　순빈이에게 톡이 왔다. 순빈이는 우리 할머니 친구의 손자이다.
그 덕분에 우리 집에 내 허락 없이 드나드는 유일한 남자아이이다.
　- 뭐 해?
　마치 늘 말을 걸어왔던 거처럼 아주 자연스러운 말투였다. 그간
톡을 주고받을 정도로 가까운 사이는 아니었다.

- 그냥

- 좀 잤니?

얘는 무슨 애가 딱 애늙은이라니까. 그간 내가 잠을 설잔 것도 간파하는 것 같았다.

- 너 같으면 잠이 오겠니? 넌 그 애늙은이 같은 말 좀 안 하면 안 되니?

공연히 순빈이에게 신경질을 부렸다. 순빈이의 좀 자 두라는 말에서 세상 어느 말보다 온기를 느꼈으면서도 그걸 받아 주고 싶지 않았다.

- 내일은 학교 오지?

순빈이는 감정이 없는 아이처럼 신경질적인 내 말투에도 아무 반응 없이 물었다.

- 응, 왜?

- 그냥

- 뭐, 할 말 있니?

- 아니, 그냥

순빈이는 학원까지 빼먹고 삼 일 내리 장례식장으로 와서 말없이 육개장을 먹던 아이이다. 순빈이는 그냥 아는 아이였는데 할머니 죽음 이후 그렇지 않은 아이가 되어 있었다. 외려 순빈이와 나 사이에 특별한 일이 있었던가 되짚어 볼 정도였다. 순빈이 할머니와 우리 할머니가 썩 맞는 사이는 아니지만 매일 어울리긴 했다. 두 할머니는 하루가 멀다 하고 다투었다. 그냥 소소한 걸로 서로의 신경을 긁는 관계였다. 그래도 시간만 나면 다른 사람들과 함께 우리 집에 모여 고스톱을 치고 기주가 해 준 음식을 나눠 먹으며 어울렸다. 종종 제 할머니를 모시러 온 순빈이는 본 적 있지만 그것을 빼면 특이 사항은 없다.

장례식장으로 오자마자 밥을 먹는 순빈이에게 물었다.

"저녁 급식 하러 왔냐?"

"아니, 응."

내가 타박하듯 물어도 짧게 답한 뒤 육개장을 먹었다. 상복 입은 모습을 친구들에게 보이고 싶지 않았다. 고아가 된 나를 불쌍하게 볼까 봐 신경 쓰였다. 그런데도 어찌 알고 별로 친하게 지내지 않은 아이들까지 조문을 왔다. 그 맨 앞에는 항상 순빈이가 있었다. 아무도 남지 않은 나를 다들 어찌나 불쌍하게 보던지 정말 거절하고 싶었다. 됐거든요, 세상 누구보다 안됐다는 그런 눈빛 사양합니다,라고 이마빡에 써 붙이고 싶은 심정이었다.

"왜, 자꾸 와. 너희 할머니가 또 가 보라고 시켰니?"

"아니. 너도 먹어."

순빈이는 나에게 젓가락을 건네며 먹으라고 했다. 그게 다였다. 별말 없이 앉아 있다가 별말 없이 갔다.

순빈이에게는 내게 없는 안정감 같은 게 있다. 할머니 말대로 요즘 아이들 같지 않은 늙수그레한 맛이 나는 아이이다. 즈네 할머니는 싸구려 비닐처럼 나풀나풀 가벼운데 손자인 순빈이는 그렇지 않다고 했다. 순빈이 할머니는 당신 아들을 교수로 키운 자부심이 컸다. 아니 그게 다였다. 며느리까지 초등학교 교사로 들인 능력 있는 할머니라고 다들 부러워할 거라고 착각했다. 아들 내외에 대해 어찌나 뻐기는지 우리 할머니한테 몇 번이나 면박을 받은 적도 있다.

우리 할머니는 딸 하나 낳아 금지옥엽 키웠지만 그 딸은 자기 닮은 딸 하나 남겨 놓고 어느 날 가 버렸다. 그것도 아주 처참한 모습으로. 할머니가 연락을 받고 달려갔을 때 엄마의 몸은 부서지지 않은 곳이 없을 정도로 처참했다. 운전을 했던 아빠는 더 처참했다. 중앙선을 넘어 달려오던 차를 피하기 위해 핸들을 틀었고 가로수 둥치를 운전석으로 들이받았다. 아빠는 최후까지 엄마와 나를 보호하려 했지만 차는 거의 반파되다시피 했다. 엄마 품에 안겨 있던 나는 털끝 하나 다친 데가 없다. 사고 순간 엄마가 온몸의 뼈로 나를 감싸 안았기 때문이다. 그 안에서 꼼지락거리며 눈을 반짝이던 나를 할머니는 잊지 못한다고 했다. 그 무서운 일을 겪었는데 울지도 않고, 떼쓰지도 않았다고 했다. 할머니는 그 순간, 신은 모든 것을 앗아 가진 않는다고 또 한 번 생각했단다. 그렇게 엄마 아빠는 한날한시에 세상을 떠났다.

나는 각별하게 지내는 등 흔히 말하는 절친이 없다. 그냥 관계에 대해 남들보다 조금 더 시니컬할 뿐이다. 친구들에게 의지한다거나 친구들이 중요하다고 생각하지 않는다. 어차피 만남은 이별이 있게 마련이고 그때마다 사람은 혼자 남게 되는 법이다. 내가 걸음을 떼기 전에 엄마 아빠가 떠난 거처럼, 그리고 결국 하나밖에 남지 않은 할머니가 떠나간 거처럼. 너무 이른 이별이 운명처럼 주어지는 것에 화가 났지만 운명의 신은 그걸 가엾게 봐 주는 것도 아니란 생각이 들었다. 거기에 은근 나도 길들여지는 것 같았다. 사람의 끝, 생의 끝을 이미 봐 버린 느낌이라고 할까. 살아 보지 않아도 끝이 보인다고 해야 하나. 그래서 사는 게 그냥 그저 그랬다. 뭘 해도 크게 의욕 같은 것도 일지 않았다. 그다지 뭘 열심히 하고 싶은 것도, 할 필요성도 느끼지 못했다. 가끔 같이 어울려 놀자고 하경이 패거리가 제의했지만 그것도 별로 달갑지 않았다. 부러 패거리를 만들어 어울리고 싶지 않았다. 그게 또 그렇게 썩 좋아 보이지도 않았다. 그런데도 아이들은 나와 어울리기를 좋아했다. 그건 순전히 내 풍부한 용돈 때문일지도 모르겠다. 하경이가 모임에 들어와 놀자고 여러 번 제의했지만 나는 그때마다 번번이 시큰둥한 반응을 했다. 뭘 굳이 또 하나의 구속을 만드나 싶어서인데 아이들은 나름 서운해하는 눈치였다. 뭐 그런 게 필요하냐며 같이 놀면 그게 어울리는 거지, 하며 그냥 시간 맞을 때 놀자고 했다. 할머니가 죽던 날, 그날도 우연히 교문 앞에서 하경이 아이들과 만나 코인 노래방으로 갔다. 학원도 빼먹은 채.

어렸을 때부터 각별하게 지내는 아이가 없는 건, 조금 친해졌다 싶으면 넘어오는 선 때문이다. 아이들은 서로의 집을 오가고 싶어 했고 초대하고 초대받고 싶어 했다. 나는 친구의 생일 파티 초대도 달갑지 않았다. 엄마가 있다는 것이 어떤 건지, 더 확연히 알게 된 이후로 일절 가지 않았다. 생일 파티 같은 것도 중요하게 생각하지 않았다. 할머니가 친구들을 초대하라고 해도 나는 그러고 싶지 않다고 고개를 저을 때가 많았다. 그럴 때마다 할머니는 고집도 이런 황소고집이 없다며 누굴 닮아 그러냐고 혀를 끌끌 찼다. 엄마 아빠가 없는 것, 그 사실을 누군가 아는 게 싫었다. 집에 왔다 가는 등 가깝게 지내다 보면 바로 알 수 있는 일이었고 그 후, 나를 보는 눈이 달라지는 것도 보기 싫었다. 특히 친구 엄마들이 나를 볼 때 세상 불쌍한 눈으로 쳐다보는 게 싫었다.

솔직히 말하면 엄마가 있는 집의 분위기가 너무 낯설었다. 할머니의 재력으로도 덮어지지 않고 채워지지 않는 게 있었다. 도저히 메울 수 없는 내 안의 구멍을 누군가 알아보는 게 싫었다.

그래도 그동안 떡볶이집으로 노래방으로 몰려다니며 놀던 아이들이 장례식장에 오지 않은 건 좀 서운했다. 그동안 내가 사 준 떡볶이가 얼만데, 그동안 노래방에서 넣어 준 동전이 얼만데. 본전 생각이 날 정도였다. 친밀도와 다르게 서운한 건 서운한 거다. 외려 삼 일내내 장례식장을 맴돌던 순빈이가 이상하게 보였고, 그동안 놀던 아이들이 보이지 않자 은근 기다리기도 했다. 그런 내가 별로 마음에 들지 않았다. 그냥저냥 지냈던 같은 반 아이들이 담임을 앞세워 왔을 때도 어울리던 아이들은 오지 않았다. 꿀 빠는 달콤한 일에는 함께 웃을 수 있으나 이별이라든가 죽음이라든가 상처라든가, 정작 위로가 필요할 때 마음조차 건넬 줄 모르는 아이들이라는 생각이 들었다. 나라면 어떻게 했을까 생각해 보았다. 나라도 별수 없지 않았을까, 누군들 죽음이 익숙할 수 있을까. 그렇게 헤아리며 서운한 마음을 접으려 해도 실상은 그렇지 않았다. 아무리 봐주고 너그럽게 생각한다 하더라도 서운함이 가시지 않았다. 굳이 뭐 너그러워질 필요도 없다는 생각이 들었다. 그 아이들을 향한 내 마음은 생각보다 빨리 냉정해졌다. 서운해하는 것도 아깝게 느껴졌다. 그 아이들이 나한테 그렇게 했다는 건, 나도 그 정도밖에는 하지 않았다는 뜻이니, 상처받을 일도 아니라고 정리했다.

그래서 더욱 순빈이의 관심이 반갑기보다 이상하고 언짢았다. 고아가 된 상황을 누구보다 잘 알고 있어서 내게 싸구려 동정심을 내보이는 건 아닌가 싶기도 했다. 아무도 없다는 건 내게 더 큰 구멍을 만들어 줄 것이고 나는 까만 동굴 속으로 더욱 숨을 것이다.

할머니가 유일한 내 친구라고 여긴 아이는 순빈이밖에 없다. 내 또래 중 우리 집에 드나든 아이는 순빈이가 전부이다. 두 집안의 내력을 손바닥 보듯 훤히 알긴 하지만 그게 관계에 도움이 되지 않을 때도 있다. 아는 게 오히려 독이 되는 경우이다. 두 할머니의 관계가 그랬다. 그런데도 할머니는 유독 순빈이를 예뻐했다. 제 할머니와는 결이 다른 아이라고, 어떻게 저런 할미한테 저런 손자가 나올 수 있냐고 했다. 그럴 때마다 나도 한 소리 했다.

"할머니한테 나 같은 손녀 있는 것도 반전 아니야? 그 집도 그런 모양이지."

쏘아붙이며 찬물을 끼얹곤 했다. 마치 순빈이가 할머니 손주가 아니어서 못내 아쉬워하는 말투여서 질투에 불타올라 반응했다. 은근 나와 순빈이를 비교하는 것 같아 발끈한 것도 있다. 나는 생각이라는 걸 하게 되면서 한 번도 할머니 편이 되어 준 적이 없다. 거꾸로 말하고 거꾸로 행동하고, 기주 말대로 할머니 말을 쌩까며 지냈다. 그렇게 일관된 방식으로 할머니를 대했다. 언젠가는 제대로 말할 날이 있겠지, 했지만 그런 시간은 주어지지 않았다. 어느 날 그냥 할머니는 사라졌다. 내가 눌러 놓은 수많은 감정과 말은 들어 보지도 못한 채, 홀연히 떠났다.

책은 펼쳐 보지도 못하고 잠들었다. 어쩔 수 없다. 느긋하게 마음먹는 수밖에.

노크 소리에 눈이 떠졌다. 기주의 목소리가 방문 너머에서 들렸다.

"일어나, 학교 가야 한다며."

기주가 방으로 들어와 너저분한 책상을 한심스럽게 쳐다봤다. 용도를 알 수 없는 연장과, 배 속을 드러낸 채 발라당 누워 있는 염소 인형을 유심히 살폈다. 정신이 번쩍 들었다. 이불을 박차고 일어났다.

"나, 나는 분명, 노크하고 들어왔다."

전에 노크 없이 문을 열었다가 나한테 된통 당한 적이 있다. 다행스럽게 할머니의 쪽지 편지는 다이어리 안에 끼워 놓았다. 손을 벌리며 워워, 하는 제스처로 기주에게 손대지 말라는 신호를 보냈다.

"어, 어쩐 일이야? 책을 다 보고?"

책을 정리하며 기주가 말했다.

"그냥 둬, 내버려 둬. 당분간 내 방에 들어오지 마. 청소도 내가 할 거야."

"머, 뭐야? 뭐 있어? 니 방에? 아무것도 없던데."

"뭐? 내 방도 다 뒤졌니?"

그렇지, 내 방을 뒤지지 않을 리 없지.

"뭐 차, 찾았어?"

"찾긴 뭘 찾아. 나가, 당장."

"이, 이 연장은 뭐야?"

가슴이 두방망이질 쳤다. 기주는 내 말은 들은 척도 안 하고 계속하여 무슨 단서라도 찾으려는 듯 책상 위를 쿵쿵댔다. 기주의 몸을 문 쪽으로 떠밀었다. 기주는 못 이기는 척 주춤 물러섰다.

"당장 나가라고오!"

내가 다시 한번 소리를 빽 질렀다.

기주가 움찔 놀라며 나가다가 뒤돌아서며 말했다.

"야, 넌 내가 무슨 도둑년인 줄 아냐? 난 내 몫을 챙기고 싶은 것뿐이라고. 그렇게 정색하면서 사기꾼 보듯 경계를 하고 눈을 치뜨고 난리냐? 어린 게 버릇없이."

기주는 완전 물 만난 물고기마냥, 펄떡였다. 확실한 명분이 생겨 그런지 이제 말도 더듬지 않았다. 뭔가 냄새가 나는데 단서는 못 찾겠다는 표정이다. 나는 할 말을 잃고 요란하게 닫힌 방문만 바라보았다. 정말 서운한 건 나였다. 어린 게 버릇없이,라는 기주의 야멸찬 소리가 귓전에 맴돌았다. 이제껏 한 번도 들어 보지 못한 말이다. 더군다나 기주한테서는. 언제나 내 앞에서 혹은 할머니 앞에서 비위 맞추느라 쩔쩔매던 기주는 온데간데없다.

학교에 가자마자 순빈이 자리를 보았다. 순빈이는 상위권 성적에 책도 많이 보는 편이라 해마다 다독상을 받았다. 시크하지만 매너남이라 은근 여자아이들의 눈길도 많이 받는 편이다. 아마도 할머니가 순빈이를 예뻐할 만한 이유는 열 가지도 넘을 거다. 그것도 이해가 간다.

순빈이는 일찌감치 온 듯 안정된 분위기로 자습서를 보고 있다. 순빈이 책상 위에 책 한 권을 올려놓았다. 순빈이가 뭐지? 하는 눈빛으로 바라보았지만 나는 아무렇지 않게 순빈이에게 쪽지를 건넸다. 쪽지를 펼쳐 보이며 이런 장면이 나오는 부분을 알려 달라고 했다. 할머니 쪽지 편지를 그대로 보여 줄 수 없기 때문에 내 나름대로 노을 진 풍경을 묘사해 보았다. 난생처음 해 보는 일이었다. 그 풍경을 바라보던 할머니의 심정은 어떤 것이었을까, 처음으로 헤아려 보았다. 할머니는 왜, 이런 풍경을 좋아하게 됐을까. 할머니 생의 애달픔이 그렇게 만들었을까. 많은 죽음과 고난과 가장 가슴 아픈 자식의 죽음이 할머니를 그렇게 만들었는지 모르겠다. 할머니는 어떻게 그 많은 아픔을 견디며 세월의 강을 건널 수 있었을까. 그 시간들의 상흔이 심장에 남아 결국 할머니를 데려갔는지도 모르겠다.

"이걸 왜 내가?"

순빈이가 퉁명스럽게 물었다.

"필요해서."

"네가 해야 하는 거 아니야?"

"응, 뭐? 너, 이게 뭔 줄 알고?"

"그니까. 아, 아니다. 근데 참 뜬금없는 줄은 알지?"

순빈이가 까칠한 투로 되물었다.

"너 뭐 알고 있니?"

"뭘 알아?"

"아니 그냥."

"왜 필요한지 자초지종을 얘기해야, 하든 말든 할 거 아니야."

순빈이는 뚝뚝하게 말했지만 해 줄 것처럼 목소리를 풀었다.

"필요해서 그래, 나한테는 생존이 걸린 문제야. 찾아야 돼."

"생존씩이나?"

"대신 비밀 엄수다."

"그건 걱정 말고."

제법 믿음직스러웠다. 할머니는 일찌감치 순빈이를 알아본 거 같다. 순빈이랑 친하게 지내라는 말을 종종 들었다. 걔는 내 스타일 아니라고 차갑게 되받아쳐도 할머니는 굴하지 않고 그 후에도 몇 번이나 말했다. 은근 세뇌될 법도 했건만 나는 굳세게 순빈이를 특별하게 보지 않았다. 특별하게 눈에 들어온 것은 삼 일 내내 할머니 장례식장을 찾아오고 나서였다. 그때는 아무런 힘이 될 것 같지 않았지만 그렇지 않았다. 그냥 말없이 왔다 갔지만 거기 있는 것만으로도 위로가 되었다. 은근 눈길이 간 것도 사실이다. 세상에 달랑 나 혼자 내던져진 느낌이었는데 순빈이 때문에 그런 마음이 좀 덜긴 했다. 은근, 남동생이나 오빠처럼 든든하기까지 했다. 이런 마음을 들키고 싶지 않아 더 살차게 굴었다. 그런데 이렇게 빨리 아쉬운 소리를 하게 될 줄이야.

"없어."

순빈이는 벌써 다 읽었는지 보충 수업 끝날 무렵, 내게 책을 내밀었다. 쪽지에 말한 내용이 들어 있을 법한 책을 공략해야 한다고 했다. 장르로 치면 소설이나 에세이.

"네가 쓴 낭만적인 풍경은 그런 책에 나오는 거야."

순빈이에게 책 목록을 읊어 주며 보여 주었다. 순빈이는 그중 한 권을 빼 들었다. 물리학 에세이였다.

책을 고른 순빈이의 손을 거칠게 잡으며 말했다.

"야, 읽고 싶은 책 고르라는 게 아니고."

"의외로 이런 데 나올 수도 있어."

나는 손에 힘을 풀었다.

"넌 나한테 뭘 해 줄 건데?"

순빈이가 가던 걸음을 멈춘 뒤 물었다.

"뭐?"

당황스러웠다.

"그냥 도와주면 안 돼?"

"안 돼. 내가 왜?"

단호했다. 만만한 아이는 아니다.

"야, 그냥 해 줘."

"됐고, 생각해 봐. 뭘 해 줄 건지."

순둥이만은 아니라는 생각이 들었다. 카리스마까지 있다니. 당황스러웠다. 갑자기 순빈이와 나 사이에 팽팽한 고무줄이 놓인 것처럼 흥미로워졌다.

그때 몇몇 아이들이 순빈이와 나를 지켜보는 것도 모를 정도로, 오래된 친구처럼 책을 주고받느라 손목을 잡고 실랑이를 벌이기도 변화무쌍한 표정으로 대화를 이어 가기도 했다. 무엇보다 그간 순빈이와 말을 나눈 여자아이는 내가 유일했기 때문에 가장 눈길을 끌었을 것이다.

할머니는 늘 석 달 치씩 학원비를 선납했다. 뭐든 석 달은 해 보고 그만두라고 했다. 석 달을 해 보면 1년을 할 수 있고 1년을 해 보면 3년도 할 수 있다고 했다. 인생은 그렇게 장기 플랜으로 가야 한다고 했다. 그 바람에 학원을 끊을 수가 없다. 돈이 없다는 핑계라도 댈 수 있는 절호의 기회인데 할머니는 그마저도 완벽하게 처리해 놓았다. 꾸역꾸역 밥을 먹고 화장실을 가고 학원을 가고 학교를 오가며 일상을 찾으려고 했지만 정신은 온통 할머니 유산 찾기에 몰두해 있어서 허깨비가 되어 떠다니는 것 같았다.

방과 후 자습 시간에 책을 읽기 위해 남았다. 아직 반도 읽지 못한 책을 내려다보았다. 이 책에도 없을 것 같았다. 한숨이 나왔다. 이토록 할머니에 대한 생각을 집요하게 할 줄은 몰랐다. 살아 계셨을 때는 오히려 생각하지 않는데 돌아가시고 나니 그 의중을 헤아리느라 머리가 아플 지경이다. 어떻게든 이 퍼즐 조각을 맞춰야 한다. 나는 완전 할머니의 자기장 안에 갇힌 신세가 된 것 같았다. 할머니가 있을 때도 분명 그 영향 아래 있었을 텐데, 그때는 전혀 의식하지 못했던 것이다.

할머니가 하루 중 가장 좋아하는 풍경을 내가 잘못 알고 있는지도 모를 일이다. 잘못 짚은 거라면? 갑자기 머릿속이 뒤엉키는 것 같았다.

오전 내내 끄무레하더니 비가 내렸다. 비 오는 창밖을 멍 때리며 바라보았다. 바람이 이깔나무의 우듬지를 사정없이 흔들었다. 마치 내 머리채가 흔들리는 듯한 현기증이 일었다. 비만 오면 발작적으로 일어나는 증상이다. 비 맞는 걸 극도로 싫어하기 때문이다.

비 오는 날, 할머니가 우산을 들고 학교에 오는 것도 싫었다. 일하는 엄마를 대신해서 할머니가 온 경우와는 다르다고 생각했다. 엄마가 이 세상에 없어서 오는 아이랑은 엄연히 다른 것이다. 부모 없는 아이를 세상이 어떻게 대하는지 충분히 안다. 할머니가 아무리 막강하게 있더라도 그거와 상관없는 시선이 있다.

습도가 높아지면 라면 발처럼 더욱 고불거리는 곱슬머리도 신경 쓰였다. 부풀어 오른 머리칼은 가분수처럼 보이고 TV를 보면 대개 우스꽝스럽거나 가벼운 사람들의 전형처럼 보이는 게 곱슬머리였다. 나도 그렇게 보일 것 같아 초등학생 때부터 매직 파마를 했다. 파마할 때마다 알레르기로 부작용이 따랐지만 감수해야 하는 불가피한 일이었다.

쉬는 시간에 순빈이가 다가와 말했다.

"마셔."

순빈이가 책상 위에 음료수 캔을 올려놓았다. 올, 밀었다, 당겼다 제대로였다. 저 멀리 하경이와 지유의 시선이 따갑게 느껴졌다. 내가 그쪽을 정면으로 바라보자 하경이는 고개를 휙 돌리고 나가 버렸다. 지유는 미안한 듯 어색하게 웃으며 고개 숙여 책을 보았다.

나는 순빈이를 바라보면서도 하경이 생각을 했다. 여러 가지로 짐작할 수 없는 아이이다. 알 수가 없으니 어떻게 대처해야 할지도 모르겠다. 할머니 장례 이후 말을 나눈 적이 없다. 대체로 많은 사람들이 짐작 가능한 선에서 움직이는 반면 하경이는 그렇지 않았다. 하경이와 나 사이에 신뢰가 쌓일 만한 거리도 없었지만 그렇다고 나서서 너 왜 그러냐고 묻고 싶지도 않았다. 그것보다 시급한 게 산더미이다.

순빈이가 건네준 음료수 캔을 만지작거리며 내가 물었다.

"너, 나한테 왜 그래?"

갑작스런 물음에 순빈이가 움찔했다.

"뭘?"

"갑자기 왜 그렇게 친절한데?"

"잘해 줘도 문제냐? 하여간 까칠하긴."

"내가 울 할머니 닮아서 의심이 많아 그래."

"너희 할머니는 의심보다 직관이 더 빠른 분이었어. 한눈에 알아보는 게 훨씬 많은 분이었다고."

"헐, 뭐냐?"

할머니에 대해 나보다 더 많이 알고 있는 듯한 이 느낌은 뭐지?

"뭘 그렇게 많이 아는 척을 해? 뭘 안다고?"

나는 푸르르 열을 냈다.

"내 마음을 가장 많이 알아주는 분은 너네 할머니였어. 할머니는 한눈에 알아보셨어. 우리 할머니가 감추고 싶어 하는 게 뭔지."

"무슨 말이야? 밑도 끝도 없이?"

할머니들이 모여 화투를 치며 놀 때 순빈이는 곧잘 제 할머니를 모시러 온 적이 있다. 그럴 때도 진 여사는 어찌나 순빈이 칭찬을 하던지 듣기 거북할 때가 많았다. 방에 있는 나를 굳이 불러내 순빈이 왔다고 좀 놀다 가라고, 말이라도 붙이길 원했지만 나는 정말로 관심 없었다. 엄마 말 잘 듣는 마마보이로 보였고 일어난 일보다 더 오버하여 보태는 순빈이 할머니에 대한 비호감이 순빈이에게도 적용되었다. 할머니가 순빈이 할머니 흉을 볼 때마다 편을 들지 않았지만 틀린 소리는 아니라고 생각했다. 본인이 하는 말은 주변 상황이나 분위기와 상관없이 모두 옳다고 생각하는 분이었다. 교수 아들과 교사 며느리를 자랑하는 얘기를 들을 때마다 할머니는 누구 염장 지르려고 작정한 할망구 같다고 했다. 할머니는 내심 부러워하지 않으려고 했지만 그럴 때마다 가슴속에 묻어 놓은 엄마를 사무치게 그리워하는 것 같았다.

우리 집은 곧잘 동네 할머니들의 놀이터 역할을 했다. 그 이유는 단순했다. 할머니의 재력이 있었고 공간이 널찍했으며 기주의 음식 솜씨가 한몫 거들었다. 기주 또한 신바람 나게 음식을 만들어 대접했다. 후한 팁이 기다리고 있었기 때문이다. 고스톱 치면서 딴 돈은 기주의 수고비로 내놓자고 애초에 합의했다. 그래야 집을 내줄 수 있다고 진 여사가 선언했다. 순빈이 할머니만 해도 아들, 며느리 눈치를 봐야 하기 때문에 당신 집에 사람들을 들이지 못했다. 중간에 놀이판을 접을 필요가 없는 우리 집이 최적의 장소였다. 할머니는 그런 장소로 집을 내주는 것도 마다하지 않았다. 할머니들 세계는 서로 주거니 받거니가 정확해야 하는데 순빈이 할머니는 한 번도 당신 집으로 사람들을 초대하지 않았다. 열에 한 번쯤은 다들 각자의 집으로 초대한 반면, 순빈이 할머니는 그러지 않았다. 그것도 우리 할머니에게 미운털이 박힌 이유 중 하나다. 더없이 좋은 교수 아들에 선생 며느리라고 자랑이나 하지 말든가, 요즘 같은 세상에 이런 효자가 없다고 자기 아들과 손주를 치켜세우는 통에 순빈이 할머니는 싫은 소리를 여러 번 들었다. 진 여사는 당최 칭찬할 게 없는 나를 순빈이와 비교하며 부러운 속내를 그런 식으로 표현한 건지도 모르겠다. 그럴 때마다 순빈이는 소리 없이 웃으며 목례를 한 뒤, 제 할머니를 부축하며 돌아갔다. 그렇게 순빈이와도 데면데면한 사이였지, 특별하지는 않았다.

"됐고, 나중에 기회 되면 얘기하는 거로 하고. 네가 써 준 그 내용이 대체 뭔데 찾으라는 거야? 구역을 잘못 정하면 그야말로 모래 더미에서 십 원짜리 동전 찾기야. 타깃을 잘 잡아야 한다는 말이지."

"오, 제법이네. 너 원래 이렇게 말이 많았니?"

"네가 나랑 말을 안 섞어서 그런 거지. 할 말은 해."

그동안 내가 얼마나 살차게 굴었는지 안다. 우리 집에 와도 왔냐고 한마디 묻지 않고 문을 쾅 닫고 들어갔으니까. 진 여사가 순빈이 할머니 눈치를 살필 정도로 쌀쌀맞게 대했다.

타깃을 잘못 잡으면 모래 더미에서 십 원짜리 동전 찾는 격이라고? 나는 다시 할머니와의 시간을 촘촘히 짚어 봐야 했다. 그동안 무심하게 지낸 것이 이렇게 발등을 찍게 될 줄은 몰랐다.

다른 책으로 바꿔 간 그날 밤, 순빈이는 톡으로 사진 한 장을 보내왔다.

- 네가 찾던 그 장면 아닐까?

아침 꽃이 저녁에* 떨어지는 시간
사람들은 저마다 그 시간을 견뎌 내고 있다.
누군가는 밥을 안치러 들어가고
누군가는 먼 하늘을 보며 떠나온 곳을 그리워하는 시간.
저 산 너머 산사에서 그윽이 들리는 저녁 예불 종소리가 들리노라면
눈물이 비어져 나온다.
하루가 또 닫히는 소리,
나는 생의 어디쯤에 와 있는 것일까.
제대로 가고 있는 것일까. 나는 어떻게 되는 것일까.
땅거미가 내려오기 직전의 시간,
낮과 밤이 교차하는 순간의 시간.
어쩌면 우리 생은 이처럼 찰나의 순간을 살다 가는 것은 아닐까.
숨을 쉴 수가 없다. 너무 아름다워서, 너무 순식간에 사라져서.

———
* 루쉰의 산문집 〈아침 꽃을 저녁에 줍다〉 제목에서 차용.

아무것도, 누구도 잡을 수 없는 지금이 지나간다.
식은 햇빛이라도 담으려는 잎사귀의 저 투명한 발광,
그 나무 아래로 할머니와 어린 손녀가 지나간다.
시간은 또 그렇게 흐른다.
여름 저녁이 식어 가고 있다.

두 눈에서 뭔가 툭 터지는 느낌이 들었다. 나도 모르게 눈물이 나왔다. 할머니와 걷던 여름 저녁 산책이 떠올랐다. 바람이 선선했던, 태풍이 지나간 초저녁. 까만 구름 사이 핏빛 노을이 번지고 그 노을을 눈에 넣을 듯 바라보며 누군가를 몹시 그리워하던 할머니의 눈빛. 그 속에 고스란히 담을 듯 나를 훔쳐보며 바라보던 할머니의 눈길. 아무렇지 않게 걸어가던 나를 애틋하게 몇 번이고 흘끔거리던, 귀한 보석이라도 보는 양 지켜보던 할머니의 그윽한 눈빛이 그리웠다. 그때 스치던 바람과 식은 햇빛과 초록으로 너울대던 나무 아래를 걷던 할머니와 나. 그 눈길을 다시 받을 수 있다면, 다시 그 손길을 만날 수 있다면. 매 순간 난 왜 그렇게 무심하게 굴었을까. 왜 그렇게 할머니께 인색하게 굴었을까.

할머니가 절대로 공짜로 돈을 주지 않으려는 건 확실하다. 할머니를 절실히 그리워하도록 포석을 깔아 놓은 다음, 나에게 한 푼씩 건네줄 모양이다. 그런데 그곳으로 가는 길은 보이지도 않는다. 이 길이 맞나? 하고 자꾸만 되물을 정도로 쉽지 않다.

- 페이지 수는?

- 76, 77

순빈이는 페이지 숫자가 보이도록 다시 사진을 찍어 보냈다.

두 페이지에 걸쳐서 다소 삐뚤빼뚤하게 밑줄이 그어져 있다. 할머니가 쳐 놓은 밑줄이다. 내 짐작이 맞았다. 할머니가 하루 중 가장 좋아하는 풍경. 페이지 숫자가 중요하다고 했다. 네 자리 숫자이다. 그게 통장 비밀번호일지도, 아니면 금고 비밀번호라든가. 그 금고 안에는 누렇게 빛나는 골드바가 차곡차곡 쌓여 있든가, 아님 고액의 지폐가 쌓여 있을 수도.

흥분되어 가슴이 두근댔다. 내 심장 소리가 톡을 주고받는 순빈이에게 들릴 것처럼 거셌다.

- 77쪽 가운데 본문쯤 19**에 동그라미 쳐져 있는 거 보이지?

- 뭐? 숫자가 또 있다고?

- 정확히 숫자에만 동그라미가 쳐져 있어. 년 자는 빼고 동그라미를 쳤으니 여기에도 사인이 있는 것 아니겠니?

사인이라는 말에 숨이 턱 막혔다. 순빈이는 마치 뭔가 알고 있는 거처럼 사인라는 말을 아무렇지도 않게 했다. 내가 이런 구절을 왜 찾는지 알려 주지도 않았는데.

- 767719**?

- 아님 19**7677 아는 번호 없니?

- 아니, 이게 뭐, 뭔데?

순빈이가 아는 번호냐고 물었을 때 아항, 하고 알아챌 수 있었다.

- 아는 전번이냐고 묻는 거야?

- 그렇지 않을까?

- 너 천재니?

- 010-7677-19** 이런 조합도 상상할 수 있는 거지.

- 그래, 대박이다. 둘 다 해 보면 알겠지.

- 할머니 유언과 관계있는 거지?

헉, 순빈이는 할머니와 나를 잘 아는 몇 안 되는 사람 중 하나임이 분명하다. 순빈이의 단도직입적인 물음에 말문이 막혔다. 뭐라고 답을 해야 할까.

- 더 이상은 노코멘트.

- 네가 묘사한 것도 그렇고, 책에 나오는 풍경을 읽으며 너와 할머니가 그려진 게 우연은 아닐 거란 생각은 했어.

나는 더 이상 그에 대해 덧붙이진 않았다.

번호의 정체는 내일 학교에서 만나 알아보기로 했다. 오늘은 너무 늦은 시각이다. 순빈이에게 받은 번호도 놀라운 거지만, 순빈이의 정체도 의심이 갔다. 설마 할머니가 친손녀인 나를 제쳐 두고 순빈이와 모종의 연락을 주고받은 건 아니겠지?

기주가 야식을 챙겨 먹는지 주방에서 달그락거리는 소리가 났다. 나는 할머니가 돌아가신 이후로 귀가 무척 밝아졌다. 방 밖에서 나는 소리가 어떤 건지 유추하는 재주가 생겼다. 순전히 기주를 감시하고 경계하기 위해서 생긴 거다. 사람은 다 살아가게 마련이고 누구든 자기 안의 생존 본능을 깨운다는 말이 무슨 말인지 알 것 같았다.

기주는 할머니 카드를 쓸 수 없으니 한동안은 냉장고에 있는 것을 파먹어야 한다고 했다. 나는 말없이 고개를 끄덕였다. 기주가 꼴보기 싫은 것 이면에 혹한기를 함께 견뎌야 하는 동지애 같은 것도 아주 없는 건 아니다. 기실 내가 먹는 음식은 얼마 되지 않는다. 나는 거의 밖에서 해결하는 편이다. 평일에는 급식으로 해결하고 주말에나 집에서 먹을까, 나 혼자라면 석 달은 버틸 수 있을 정도로 냉동고가 그득한데, 기주 때문에 곧 있으면 탈탈 털릴 판이다.

그간 급한 불은 장례식을 치른 뒤 남은 부의금으로 충당했다. 그것도 얼마 되지 않아 곧 바닥이 났다. 어떻게든 암호를 풀어야 한다.

문이 보인다

점심시간에 순빈이와 만나기로 했다. 긴장이 돼 음식이 넘어가지
않을 것 같아 건너뛰었다. 종소리가 나자 곧바로 '생각의 뜰' 정원으
로 향했다. 차라리 숲속에서 조용히 있는 게 숨이 쉬어질 것 같았다.
저만치 순빈이가 보이고 그 뒤로 하경이가 따라왔다. 아무것도 모르
는 것 같은 순빈이는 돌계단을 밟으며 올라왔다. 하경이와 내가 눈
이 마주쳤다. 하경이는 그 자리에서 멈춰 서더니 낯빛이 싸늘하게
바뀌었다. 그런 뒤 획 돌아서 왔던 길로 내려갔다. 순빈이 뒤를 따르
며 생글생글 웃던 하경이 얼굴이 순식간에 써늘히 식었다. 도통 알
수가 없다. 그다지 친밀도가 높지는 않았지만 저렇게까지 경계하진
않았는데 할머니 돌아가신 이후 왜 태도가 돌변했는지, 짚이는 게
없다. 문득, 모든 순간에 순빈이가 있었다는 게 떠올랐다.

"야, 네가 데리고 온 거야?"

내가 턱으로 하경이를 가리키며 물었다.

"응? 누구를?"

순빈이는 뒤돌아 하경이를 보았다. 하경이는 막 건물 모퉁이를 돌아 사라졌다.

"몰라, 날 따라왔던 거야?"

"그걸 나한테 묻냐? 넌 눈치가 그렇게 없냐? 누가 따라오는지도 모르고."

잠도 못 자고, 밥도 못 먹고, 신경질만 는 것 같았다. 거기다 이하경까지 보태져 더욱 기분이 나빴다.

"그래? 설마 나를 따라왔을라고. 너도 가끔 걔랑 어울렸잖아."

"그러긴 했지. 다 과거형이다."

"지금은 아니라는 얘기?"

"됐고, 별 관심 없어. 혹시 하경이가 너 좋아하는 거 아니니?"

순빈이 때문인가 싶었다. 장례식 이후에 달라진 건 내가 순빈이와 접촉이 빈번해진 것이다. 그간 이렇게 긴밀하게 얘기를 나눠 본 적이 없다. 고등학교 입학 후 같은 반이 되었어도 우리 할머니만 뛸 듯이 기뻐했지 나는 순빈이와 눈길이 마주치는 것도 달가워하지 않았다. 그러니까 얼마 전과 지금은 순빈이를 대하는 나의 태도가 완전 달라진 건 맞다. 순빈이와 얘기를 나눌 때마다 하경이 레이더에 걸리지 않은 적이 없다. 비 오는 날 음료수를 주고받을 때도, 심지어 책을 주고받을 때는 내가 순빈이의 손목을 잡아챈 적도 있지 않은가. 그때도 집요하리만치 하경이의 시선이 따라왔고 심상치 않게 따가웠다.

"에이, 무슨-"

순빈이는 말도 안 된다는 반응이다.

"됐다, 그러거나 말거나. 나는 어쨌든 관심 없다. 연애를 하든 말든."

"아니래두!"

순빈이가 버럭 소리를 질렀다. 나는 놀라 순빈이를 바라보았다. 평정심을 잃은 순빈이가 낯설었다.

"아님 말고. 지금 그딴 게 중요한 건 아니니까."

순빈이는 어이없다는 표정으로 나를 째려보았다.

"너, 엄청 이기적인 거 아냐?"

순빈이가 분노에 찬 눈빛으로 말했다.

"왜 이래, 진정하셔. 그게 그렇게 화낼 일이야?"

솔직히 좀 놀랐다. 이런 모습은 처음이다. 순빈이는 굳은 표정을 풀지 않았다.

"……."

"이기적이라, 그래, 인정. 그잖아도 할머니한테 너무나 이기적으로 군 나 때문에 지금 가슴을 치며 후회하고 있는 중이다."

"내 주위에는 왜 그렇게 저밖에 모르는 인간들만 있는지 정말 싫다."

순빈이가 한숨을 뱉으며 허공을 향해 말했다.

"나, 나, 나도 싫은 인간 중에 포함이라는 얘기지? 그렇게 특별했어? 내가?"

"그래, 싫어하고 싶다."

농담처럼 한 말이 무겁게 돌아왔다.

순빈이는 그 말을 하고 고개를 돌렸다. 그 순간 내 심장이 쿵 하고 떨어지는 이유는 또 뭐지? 분위기가 이상했다. 공연히 주위를 둘러보았다. 행여 누군가 들었으면 어쩌나, 하는 생각이 들었다. 바람이 불었고 이파리가 부딪히며 촤르르륵 요란하게 떨리는 소리가 온 사방으로 퍼져 나갔다.

한동안 둘 다 아무 말도 하지 않았다. 묘하고 어색하기 이를 데 없는 분위기에서 벗어나고 싶었다.

순빈이의 손에 들린 책을 낚아챘다. 순빈이는 형광 포스트잇으로 표시까지 해 놓고 페이지 숫자에 연필로 동그라미도 쳐 놓았다.

"흠흠, 어쨌든 고맙다."

지금 내게 최고의 협력자이자 조력자는 순빈이뿐이다. 아무것도 못 들은 척, 아무것도 모르는 척 순빈이에게 말을 걸었다. 벤치 위에 핸드폰을 바라보면서.

"나를 뭐라고 소개해야 돼?"

순빈이가 유추한 두 개의 번호를 핸드폰 옆에 놓았다. 제물을 차려 놓고 의식의 순서를 정하는 것처럼 긴장되었다. 순빈이를 바라보면서도 경계의 긴장을 풀지 않았다.

순빈이가 차분하게 말했다.

"그 번호, 너는 모르지만 할머니는 아실 거 아니야. 상대도 마찬가지겠지."

순빈이의 입에서 아무렇지도 않게 할머니라는 말이 나왔다. 순빈이는 할머니 유언과 관련된 거라고 확신하는 것 같았다. 누구보다 지금 내 상황을 잘 알고 있으니 쉽게 짐작할 수 있을 것이다. 그나마 순빈이여서 다행이라는 생각이 들었다.

나는 긍정도 부정도 하지 않고 두 개의 번호와 순빈이의 얼굴을 번갈아 본 뒤 손가락을 움직였다.

먼저, 끝자리로 7677을 눌렀다.

받지 않았다. 신호음이 울리는 시간이 영원처럼 끝나지 않을 것 같았다. 온몸의 힘이 쭉 빠졌다. 내가 멍 때리고 앉아 있자, 순빈이가 주저 없이 끝자리 19**을 가리켰다. 나는 자동인형처럼 순빈이의 주문을 따랐다.

"김문입니다."

심장이 툭 떨어지는 느낌이다. 눈을 크게 치뜨며 순빈이를 바라본 뒤 침을 꿀꺽 삼켰다.

"네, 저어, 혹시 진이화 씨라고……."

"……."

잠깐 동안 침묵이 흘렀고 상대의 숨소리가 당황한 듯 멈칫했다.

"그러는 댁은 누구시죠?"

따지듯 차가운 금속성의 목소리다.

"저, 저는 진이화 씨 손녀 주연서입니다."

"아."

외마디 비명 같은 소리가 들렸다. 나를 안다는 반응이다.

"이렇게 빨리 전화가 올 줄 몰랐는데요."

뜻밖이라는 투로 말했지만 흔들림은 없다. 절로 압도되게 만드는 아주 사무적이고 딱딱한 목소리이다.

　마음이 놓이면서도 한편으로는 놀림받는 것 같은 기분을 떨칠 수 없다. 나무 꼭대기에 사람을 올려놓고 마구 흔든 뒤, 탈출할 수 있는 방법을 훤히 알면서도 가르쳐 주지 않는 그런 그림이 그려졌다. 나무 아래로 내려올 때까지 몰래 지켜보는 망원경이 있다는 사실에 기분이 나빴다. 모든 상황을 나만 모르고, 다른 사람은 죄 알고 있을 때 드는 모욕감 같은 것이다. 기분이 걷잡을 수 없이 비꾸러졌다.

　목소리가 젊다. 할머니 또래지 않을까 싶었는데.

　"게임을 제법 잘하는군요."

　헐.

　"게임이요? 이게 게임이라고요?"

　내가 따지듯 날 선 목소리로 물었다.

　"어쨌든 할머님이 낸 게임을 잘 따라왔잖아요."

　순빈이에게 말한 대로 생존이 걸린 문제인데 그에게는 이게 게임처럼 보인다는 게 어처구니가 없었다. 당사자가 아닌 다음에야 져도 그만 이겨도 그만인 걸로, 가볍게 취급당하는 기분이 들었다.

　한편으로는 잘 따라왔다는 말에 마음이 놓여서 푸르르 더 열이 나는 것도 있다.

　"전해 드릴 게 있으니, 사무실로 오세요."

　눈앞에 불이 반짝하고 들어왔다. 드디어 할머니의 유산을 쓸 수 있는 실질적인 문을 발견했다는 생각이 들었다. 눈앞이 환하게 밝아졌다. 햇빛이 나뭇잎 사이를 비집고 내려와 나만 비춰 주는 것 같았다.

순빈이는 잔뜩 긴장하고 있다가 마음이 놓이는 표정으로 나를 바라보았지만 내막은 묻지 않았다. 그야말로 쏘우 쿨이다. 유언과 관련된 것이라 더 이상 묻지 않는지도 모른다. 그래도 그렇지, 어쩌면 저렇게 넘치지도 모자라지도 않게 자신을 통제할 수 있을까. 나 같으면 궁금해서라도 다그쳐 물었을 텐데, 아니 나의 궁금증이 풀리기 전에는 어떤 요구도 들어주지 않았을 텐데. 처음부터 순순히 내 편이 되어준 이유는 무엇일까? 순빈이가 조금씩 궁금해졌다. 방금 전, 홧김에 한 말 같지만 고백 아닌 고백의 말은 내 마음을 움찔하게 만들었다.

진작에 순빈이의 성격을 알았다면 친구를 했어도 좋았겠다는 생각이 들었다. 그간 마마보이나 할마보이 정도의 순둥이로 보여 별 매력을 느끼지 못했다. 순빈이는 관계에 있어서 결코 오버하지 않는 적정선을 알고 있는 것 같았다. 여자아이들이 순빈이에게 호감을 보이는 것도 이런 매너를 가지고 있기 때문이 아닐까. 부드러운 카리스마를 가지고 있는 남자아이들은 언제나 인기가 있었다.

순빈이에게 함께 가자, 하고 싶었지만 지금은 누구도 믿으면 안 된다. 더 이상 순빈이에게 보여 주어선 안 된다는 생각이 들었다. 한편으로는 아쉬울 때만 질척대는 아이로 비춰질 것 같아 그것도 신경쓰였다. 이기적이라는 말까지 들었던 터라 더더욱 그랬다. 남에게 치대지 않는 아이는 타인이 치대 오는 것도 싫어할 것이다.

잠이 오지 않았다. 드디어 할머니 유산의 실체를 만나는 날이다. 그 내용이 얼마나 될지 가슴이 벅차올라 밤이 깊어질수록 정신은 말갛게 개었다.

기주는 또 야식을 먹으려는지 냉장고 여닫는 소리가 났다. 기주 앞에서 표정의 변화를 들키지 않으려고 무척이나 애써야 했다. 기주는 매번 내 얼굴을 뜯어보듯이 살폈다. 뭔가 일어나고 있는데 자기만 모르는 게 아닌가 싶은지, 두 눈에 불을 켜고 살폈다. 그때마다 나는 결코 질 수 없다는 듯 되쏘아 보았다. 어리다고 만만히 보지 말라는 경고이기도 했다. 두 눈에 지나치게 힘을 주다 보니 눈물이 나기도 했다. 어떻게든 들키지 않고 금고에 다다라야 한다.

하얀 간판 위에 김문 변호사라고 쓰여 있다. 카드를 막은 것도 할머니 유산의 키를 쥐고 있는 것도 김문이라는 생각이 들었다. 결국 나는 김문에 의해 할머니 금고 안으로 들어갈 수 있는 열쇠를 받을 수 있을 것이다.

사무실에는 몇 개의 책상이 있고 변호사 김문이라고 쓰여 있는 명패 뒤에는 이 사무실에서 제일 젊은 사람이 앉아 있다. 사람들의 눈길이 일제히 나에게 쏠렸다. 딱 한 사람, 김문만은 고개를 숙인 채 서류 더미에 파묻혀 있다.

"주연서 학생? 이쪽으로 앉으세요."

변호사보다 나이가 더 있어 보이는 남자 직원이 탁자 위에 봉투를 올려놓으며 말했다. 그런 뒤 김문을 살피며 다시 말했다.

"잠시만 기다리세요."

김문은 나를 본체만체했다. 수북이 쌓여 있는 서류 더미 사이로 간신히 사람의 형체가 보일 뿐이다. 어제 통화했던 사람이 맞나 싶을 정도로 시큰둥한 태도였다. 내가 예상했던 그림과는 영 달랐다. 맨발로 뛰어나오며 유산 상속자를 환영해 줄 거라고 상상했건만.

서류 더미 뒤의 김문이 일어나 내가 있는 쪽으로 온 건 어느 정도 시간이 지나서였다. 시간으로 상대방의 기를 누르려는 작전 같았다.

어, 낯이 익었다. 할머니 장례식장에서 봤던 얼굴이다. 그것도 아주 또렷이 기억하고 있다. 조문할 때, 대개는 할머니와의 관계를 말하며 내 등과 머리를 쓰다듬은 뒤 눈가의 눈물을 찍으며 돌아서는 게 순서였다. 예외로 딱 한 사람, 말쑥하게 차려입은 검은 양복에 뿔테 안경, 제법 젊은 얼굴의 남자는 할머니 영전에 흰 백합 꽃다발을 바치고 두 번의 절을 했으며 내게 반절을 한 뒤 말없이 구석에 앉아 육개장을 먹고 갔다. 아무도 그를 아는 이가 없었다. 기주도 처음 보는 얼굴이라고 했다.

그 얼굴이다. 할머니의 죽음 소식을 나보다 먼저 들었을 수도 있겠다는 생각이 들었다. 할머니의 변호사라면 사후 조치로 카드부터 금융에 대한 모든 것을 막아 놓은 장본인일 것이다. 할머니는 어째서 내게 변호사에 대해 언급하지 않았을까. 이렇게 암호처럼 알려줘야 하는 이유는 무엇일까.

"생각보다 일찍 왔네요."

김문은 엷게 웃음을 띠며 말했다. 너, 제법이다 하는 말을 생략한 것 같았다. 생각보다,라는 말이 거슬렸지만 아쉬운 쪽은 나이기 때문에 참았다.

까만 뿔테 속 웃음기 있는 눈빛은 날카로웠다. 할머니의 유산에만 꽂힌 내 속내를 꿰뚫고 있는 것처럼 보였다. 그런 뉘앙스의 말이라는 것을 어제 통화할 때부터 느꼈지만, 그래서 뭐? 어쩔 건데? 그래, 나 이런 사람이야. 지금 이런 마당에 그렇지 않을 사람 있으면 나와 보라고 해,라고 소리치고 싶었다. 그런 심정을 꾹꾹 누르며 말을 꺼냈다.

"아무것도 할 수 없어요. 할머니의 유산을 찾기 전에는."

"아무것도 살 수 없어요. 아니에요?"

예감이 빗나가지 않았다. 김문의 입꼬리에 슬쩍 웃음기가 돌았다. 모든 것을 다 알고 있는 저, 전지전능한 눈빛과 말투.

"네, 뭐, 맞아요. 아무것도 살 수 없으니 아무것도 할 게 없어요. 같은 말 아닌가요?"

김문에게 걸맞도록 대차게 나가는 수밖에 없다는 생각이 들었다.

"하하하, 할머니가 왜 그랬는지 알 거 같네요."

"뭘요?"

"……."

김문은 속을 알 수 없는 웃음으로 답했다.

김문은 옆머리를 긁더니 큰 봉투 속에서 또 하나의 봉투를 꺼냈다. 뭐야, 마트료시카 같은 거야? 게임 속의 게임, 그 게임 속의 봉투, 봉투 속의 또 봉투로 끝없이 미로를 헤매게 할 참인가?

"제일 먼저 이 봉투를 전하라고 하셨어요."

"그리고요? 이게 다예요? 할머니 유언이?"

"그다음엔 주연서 씨가 하기 나름인 거 같은데요?"

김문은 여전히 전지전능한 눈빛과 몸짓을 하고 있다.

"그게 무슨 말인가요?"

"첫 번째 봉투를 전해 준 뒤 편지 내용대로 했는지 반드시 점검한 후에 다음 봉투를 주라고 되어 있어요. 그게 다예요."

헐, 이럴 수가.

"그, 그, 그게 다라고요?"

편지 내용대로 했는지 점검하라는 말은 또 뭐야, 뒤통수를 세게 가격당한 기분이었다.

김문의 손에서 채트리듯 봉투를 낚아챘다. 봉투는 단단히 봉해져 있다.

뜻밖에도 봉투 속에는 이번 달 생활비와 맞먹는 현금이 들어 있다. 현금을 봐서 반갑기도 하지만 이게 다야? 하는 생각이 들었다. 이 돈은 지난달에 쓴 카드 대금을 빼면 아무것도 남는 게 없다. 당장이라도 내쫓고 싶은 기주에게 줄 돈은 한 푼도 없게 된다. 월급을 주든, 퇴직금의 일부를 주든 어떻게든 달래서 내보내야 할 것 같은데 아예 가망성이 사라지는 게 아닌가 싶었다. 할머니가 죽음 이후를 이렇게 철저히 대비해 놓았다면 기주에 대한 것도 준비해 놓지 않았을까. 그런데 요 며칠 아무리 살펴봐도 그런 사인은 발견하지 못했다. 그렇다면 같이 있으라는 얘기인가?

돈은 흰 종이에 싸여 있다. 그 종이에는 몇 줄의 글이 있다. 할머니의 다음 퀴즈가 들어 있을 게 뻔했다. 나를 유인하는 비스킷 조각 같은 미끼겠지. 할머니는 절대 필요 이상의 돈을 풀어 놓지 않을 거라는 건 확실해졌다. 그 이상을 받아 내려면 이번 퀴즈를 또 풀어야 한다는 말이다.

돌아가신 할머니의 유령이 마치 나를 지배하는 것 같았다. 존재가 사라지면 관계는 끝나는 것이라고 생각했는데 그렇지 않은 모양이다. 지속적으로 할머니는 내게 영향력을 행사하고 있다. 할머니는 살아 계실 때처럼 나를 돈으로 계속 부리고 있는 거다. 이거 해라, 말아라, 저리 가라 이리 와라 등등. 이번엔 뭘 또 찾아내라는 거야?

편지 속에는 전혀 예상치 못한 말이 쓰여 있었다.

연서야,

네가 얼마나 귀한 존재인지, 너를 만나기 위해 할머니가 어떤 시간

을 건너왔는지 알지?

더 이상 염색도 파마도 하지 말거라.

염색은 그렇다 쳐도 파마를 하지 말라고? 나는 두 눈에서 불이 번쩍이는 것 같았다. 눈앞이 핑 돌아 몸이 휘청, 흔들거렸다.

진 여사, 장난해?

나는 믿을 수가 없어, 문구를 되뇌이듯 다시 보았다.

할머니는 내가 화장하는 것도 염색하는 것도 못마땅해했다. 학교

에서 왜 내버려 두는지 알 수 없다며 늘 마뜩잖은 표정이었다. 네 본연의 모습이 얼마나 예쁜데, 자꾸만 네 본모습을 감추려고 하는지 그게 마음에 안 든다고 했다. 그것보다 할머니가 우려한 건 염색이나 파마 약에 대한 알레르기 반응이다. 그렇지만 그건 내가 감당할 일이지 할머니가 관여할 일은 아니라고 생각하며 무시했다.

파마를 할 때마다 피부 발진이 생겨 할머니 몰래 약을 먹기 시작한 지 꽤 된다. 기주의 고자질로 그 사실을 알고 할머니가 노발대발했다. 그 약이 얼마나 독한지 아냐며, 네 몸에 그게 다 독으로 쌓일 거라고 난리를 치며 한사코 말렸지만 듣지 않았다. 그 정도로 나는 내 원래의 머리칼을 싫어했다. 할머니는 파마값을 주지 않으면 내가 포기할 줄 알았던 모양이다. 밥을 굶으며 파마값을 마련하자, 할머니는 졌다는 듯이 밥은 굶지 말라고 한 뒤 파마값을 계산해 주었다. 밥을 굶는 것보다는 약을 먹는 게 낫다는 생각이 들었는지 어느 날부터 더 이상 잔소리하지 않았다. 할머니는 져 준 척한 거다. 결국 할머니는 유언장으로 나와의 싸움에서 승리한 거다. 이렇게까지 하며 나를 이겨야 직성이 풀리는 모양이다.

할머니의 유언장을 보고도 믿을 수가 없어 김문의 얼굴을 의심스러운 눈빛으로 바라보았다.

"맞아요? 할머니가 쓴 편지?"

아주 신경질적이고 억울한 목소리로 물었다.

"누구보다 할머니 필체를 잘 알지 않나요?"

몇 줄 안 되는 문구이니 필체를 흉내 내는 것도 어렵진 않을 것 같았다. 그렇다면 굳이 왜? 거기서 생각이 멈췄다. 이런 것을 굳이 할머니가 아니라면 할머니인 체하며 내게 요구할 리는 없다.

염색은 그렇다 치지만, 파마를 하지 말라고 하는 것은 나에게 완전 곱슬머리로 다니라는 얘기이다. 초등 고학년 때부터 줄곧 매직파마를 하여 곧게 펴고 다녔다. 다들 내가 직모인 줄 안다. 거기에다 푸른빛이 도는 염색을 하면 친구들이 어쩌면 이렇게 헤어스타일이 신비롭냐고 할 정도로 부러움을 샀다. 곱슬이 올라오기 무섭게 정기적으로 파마를 하고 머릿결을 케어받았다. 머리칼에 들어가는 돈도 만만치 않았다. 파마를 하지 않으면? 완전 곱슬거리며 제멋대로 뻗치는 악성 곱슬로 다녀야 한다. 숱도 많아서 부하게 뜨면 소품으로 쓰는 컬러 가발처럼 완전 둥그렇게 부풀어 오른다. 아침에 일어나면 폭탄 맞은 모양새이다. 아이들 앞에 그런 모습으로 나가라고? 상상만 해도 끔찍하고 싫었다.

봉투 안에는 어렸을 때 사진이 한 장 들어 있다. 그야말로 붕붕거리는 곱슬머리 그대로였다. 일부러 빠글이 파마를 하고 내버려 둔 거처럼 머리통이 가분수처럼 컸다. 애니메이션에 나오는 우스꽝스러운 사람의 전형 같았다. 나도 저렇게 흉물스럽게 보일 것 같아서 매직 파마를 하겠다고 조른 게 열 살부터이다. 처음에는 괜찮았는데 정기적으로 독한 약을 쓰다 보니 머리칼도 상하고 피부 발진이 일어났다. 그런 것을 모두 무릅쓸 만큼 내게는 아주 절실한 문제였다. 그런데 그때 그 머리칼로 돌아가라고?

학교에서는 염색까지는 아니더라도 파마는 봐주지 않는다. 여기서 파마란 곱슬거리는 웨이브를 말하는 것이다. 나 같은 곱슬머리를 펴는 매직은 파마에 속하지도 않았다.

"이거 유언장 맞아요? 뭐 이런 게 유언장이에요?"

나는 믿을 수가 없어 편지를 김문에게 내보이며 물었다. 어렸을 적 사진은 할머니만 가지고 있는 거다. 유언장을 의심할 수 없는 상황인데도 부정하고 싶었다.

"네, 맞아요. 정확히 얘기하면 유언장의 일부죠. 이대로 한 것을 증명해야만 그다음 유언장을 드릴 수 있다고 말씀드렸죠?"

"정말 이걸 나보고 하라고요?"

"할머니는 정기적으로 유언장을 수정하셨어요. 이건 수정하지 않은 유일한 봉투로 기억합니다만, 그만큼 꼭 지켜야 한다는 뜻이겠죠? 그리고 보니 할머니가 최종적으로 유언장을 수정한 건 얼마 안 됐네요. 손녀 분 중간고사 성적을 얘기하며 편지 한 개를 더 추가했으니까요."

김문의 표정은 시종일관 냉정했다.

유언장을 정기적으로 수정했다는 건 오랫동안 이 순간을 준비했다는 뜻이다. 중간고사라면 불과 몇 주 전의 이야기이다.

성적까지 언급하다니, 치사하게. 이제껏 내가 알던 할머니가 아닌 것 같았다. 도대체 왜 내게 이런 시련을? 나 홀로 놓고 떠난 것도 모자라 이렇게 가차 없이 낭떠러지로 밀어 버리다니, 내가 무슨 늑대 새끼도 아니고. 조곤조곤 얘기하면 알아들을 텐데 굳이 행동으로 옮겨야만 가능한 걸 유언으로 남기다니, 그것도 변호사라는 법적 감시자까지 붙여서.

세상이 무너지는 것 같았다. 나의 본모습을 만천하에 공개하라고? 도대체 그 저의가 뭐야? 내가 그토록 숨기고 싶고 보여 주고 싶지 않은 것을 드러내라는 저의가 뭐냐고! 할머니, 노망난 거야? 머릿속에서 무수한 물음이 쏟아졌다. 그 말들이 내 몸속을 돌아다니며 난도질하는 것처럼 온몸이 아팠다. 유산이고 뭐고, 화가 났다. 할머니는 살아 계실 때보다 더 강력한 존재가 되었다.

저 밑에서 울음이 올라오는 것 같았다. 내가 뭘 어쨌다고? 내가 뭘 그렇게 잘못했다고, 할머니가 나한테 이렇게까지 하나 싶었다. 서러움이 밀려왔다. 내가 너무 불쌍해서 마구마구 눈물이 나왔다. 엄마 아빠도, 유일한 보호자였던 할머니도 죽어, 천애 고아인 나에게 어째서 할머니는? 할머니의 속을 알 수가 없어서, 할머니가 세워 놓은 계획과 의도를 알 수가 없어서 더욱 절망스러웠다. 그다음 봉투에는 또 어떤 요구 사항이 들어 있을까 겁이 났다.

"흐흠, 어쨌든 전 할머니의 유언장대로 집행하는 변호사니까요."

김문은 내가 울든 말든 차갑게 말했다. 인정사정 봐주지 않겠다는 엄포 같았다. 김문의 얼음덩이 같은 목소리를 듣자 눈물이 쏙 들어갔다. 정나미가 떨어졌다. AI야? 법도 눈물이 있다고 했거늘.

도대체 유산이 얼마나 되길래 나한테 이렇게 유세를 떠나, 하는 생각이 들었다.

"할머니의 유산이 얼마나 되는데요?"

손등으로 눈두덩을 누르며 물었다. 얼마나 되는지 알아야 무엇이

됐든 감수할 수 있지 않은가. 그래야 울음을 꾹꾹 삼키면서라도, 뼈를 깎는 아픔을 겪을지라도 해낼 것 아닌가? 하는 생각이 들었다.

김문이 풋, 웃음을 터트렸다.

"그야, 저도 모르죠."

골탕 먹는 나를 지켜보는 게 우습단 말인가? 김문의 말투는 깃털처럼 가벼웠다. 오기가 났다.

"왜 몰라요? 대부분 다 알고 있던데요?"

김문에게 달려들 듯 곧바로 물었다.

"누가요?"

"변호사가요."

"누가 그래요? 다 안다고?"

"드라마나 영화 보면 그렇던데요?"

"하여간 드라마나 영화가 참, 다 버려 놔요. 변호사라고 해서 다 아는 거 아니에요. 금고 열쇠를 열 수 있는 자만이 알아요."

맥이 빠졌다.

"금고 열쇠를 어떻게 손에 쥘 수 있는데요?"

"할머니가 하라는 대로 하면 되겠죠? 상속자 하기에 따라 다르지 않겠어요? 하하하."

심지어 호탕하게 웃기까지? 다 남의 일이다. 내 속을 누가 알랴. 눈물을 보인 게 후회되었다. 아무리 따지고 물어봤자 원점이다.

김문은 더 이상 해 줄 말이 없으니 가 보라는 듯 건조하게 쳐다봤다. 변호사는 냉정한 태도를 잃지 않았다.

더 이상 나올 게 없다는 생각도 들었지만 민망해서 앉아 있을 수 없었다.

변호사를 만났는데도 손에 쥔 것은 아무것도 없다. 도로 빈손이다. 내 손에 잡힌 건 말도 안 되는, 본연의 내 머리칼로 돌아가라는 쪽지 한 장이다. 도대체 할머니는 내가 그렇게 싫어하는 걸 알면서, 나를 모르는 사람처럼 굴었다. 내가 어찌 되든 할머니는 안 보니까, 괜찮다 이거지? 나의 지랄 발광을 이제 안 보니 속 시원해?

"쉽지 않을 겁니다."

사무실 문을 열고 나가려는 내 뒤통수에 대고 김문이 말했다. 나는 다시 돌아서 김문 책상 앞으로 걸어갔다. 열이 올라 얼굴이 시뻘게졌다.

"여기까지 오는 것도 쉽지 않았어요. 알아요, 안다고요. 근데 그 말은 무슨 뜻이에요?"

김문과 할머니는 단순히 변호사와 의뢰인의 관계만은 아니라는 촉이 왔다.

삼우제를 지내기 위해 할머니 산소에 갔을 때 백합 꽃다발이 한 아름 놓여 있었다. 할머니가 제일 좋아하는 꽃이다. 장례식장에 백합 꽃다발을 들고 왔던 사람과 동일 인물일 거라고 짐작했다.

"할머니는 절대로 쉽게 당신 유산을 쓸 수 없게 만들어 놨어요. 특히 노력도 안 하고 손대는 걸 아주 싫어하실 겁니다."

그것도 안다. 이제껏 어떤 노력도 없이 용돈을 받아 본 적이 없다. 할머니는 반드시 대가를 청했고 그래야만 주머니에서 돈이 나왔다.

마치 같이 살아 본 사람처럼 말하는 저 사람의 정체는 무엇일까.

"할머니랑은 어떻게 만나셨어요?"

"역시, 할머니가 민한 애는 아니라고 했는데, 맞군요. 하하하."

"네?"

"아뇨, 말귀가 빠르다고요."

예측한 대로 사무적인 관계만은 아니라는 거다. 사적인 얘기, 특히 나에 대한 얘기도 나눈 모양이다. 나는 할머니에 대해 제대로 아는 게 없는 것 같았다. 할머니는 살다 간 시간의 양만큼 비밀을 간직하고 있다는 생각이 들었다.

"할머니한테 장학금을 받아서 공부했어요."

김문이 흐트러진 서류를 정리하며 아무렇지도 않게 툭 던졌다.

헐, 헐, 헐.

머릿속이 띵했다.

"성적이 오르지 않으면 장학금은 중단이었어요. 내가 좀 바닥을 기던 시절이 있었거든요."

할머니는 얼마나 많은 이야기를 이 땅에 부려 놓고 간 것인가. 굽이굽이 돌아 얼마나 더 새로운 이야기를 만나게 할 참인가. 할머니 눈빛 속에 많은 이야기가 담겨 있는 느낌이 그냥 있는 게 아니었다.

"그래서 좀 쉬웠어요. 장학금 타기가. 할머니는 처음부터 뛰어나게 잘하길 바라진 않았어요. 한 단계씩 계단을 밟아 올라가길 원하셨죠. 그래야 진짜 실력이 된다고."

"헐, 그래서 변호사까지요?"

김문은 소리 없이 웃기만 했다.

할머니가 준비한 반전 카드는 어디까지인 걸까. 유산이 남아 있기는 한 걸까. 장학금만 주었겠나, 하는 생각이 들었다.

할머니의 성공은 순빈이 할머니와 달랐다. 누군가를 뒷바라지하며 키워 내는 것도 중요하지만 할머니는 오롯이 전면에 나서 당신의 이름을 걸고 성공을 이루었다. 누구 이름 뒤에 서서 빛나려고 하는 것이 아니라, 온전히 자신의 이름으로 여기까지 왔다. 그게 할머니의 자부심이었다.

"할머님은 부정맥을 앓으셨어요."

얼굴이 어두워진 김문의 입에서 나온 말이다.

"그게 뭔데요?"

"심장 질환 중 하나예요."

뒤통수를 또 한 번 가격당한 느낌이었다. 김문은 나를 처음 볼 때처럼 철딱서니 없다는 표정이었다. 할머니에 대해 아는 게 하나도 없으며 남긴 유산에만 눈독 들이는 못된 손녀를 바라보는 눈빛이다.

"생사의 위협을 받으며 살았던 어린 시절의 흔적이 고스란히 몸으로 온 거라고 하셨죠. 이제껏 별 탈 없이 살아온 것도 하늘이 많이 봐준 거라며, 언제 죽어도 이상하지 않을 나이라고 하시며 정기적으로 찾아오셨어요."

그러니까 할머니는 매일매일 나와의 이별을 준비했던 거다. 매일매일 죽음을 맞이하는 기분으로 살았던 거다. 김문의 말에 아무것도 덧붙이지 못했다. 내 몸에 흐르는 기운이 딱 멈춘 거처럼 멍한 상태로 사무실을 나왔다. 할머니의 마음을 감히 헤아릴 수 없어서, 그것이 어떤 심정인지 도무지 알 길이 없어서.

집으로 가는 버스에 올랐다. 무심히 흐르는 차창 밖의 풍경을 멍 때리며 바라보았다. 전혀 다른 세계인 양 생경했다. 나와는 동떨어진 세계 같았다.

할머니의 편지를 꺼내 다시 읽어 보았다.

'나를 만나기까지 할머니가 건너왔던 시간.'

현관문을 열고 들어서자 거실 한가운데에 할머니 옷이 수북했다.

"이게 뭐야?"

기주는 언제나 내가 놓인 현실을 직시하게 만들었다. 내가 없는 새에 기주가 또 무슨 일을 벌인 건가 싶어 표독스럽게 물었다.

"여사님이 쓰던 물건."

기주는 뭔가를 질겅질겅 씹으며 답했다.

"이걸 왜?"

"유품 정리해 드려야 하는 게 아닌가 싶어서."

"그걸 왜 언니 니가 해?"

"니가 안 하잖아."

"그걸 왜 언니가 신경 쓰냐고!"

하여간 사람 돌게 하는 재주는 끝내준다.

"야, 나도 도리는 아는 사람이야. 정리해 드려야 할 거 같아서. 그게 내가 여사님께 해 드릴 수 있는 마지막……."

기주의 말을 끊었다. 더 듣고 싶지도 않았다.

"누가 누구를 정리해 드려? 됐어. 해도 내가 해. 언니나 정리해."

"뭐?"

기주는 파르르 날을 세웠다. 원망이 담긴 눈초리로 나를 쏘아보았다.

"왜 저래? 뭘 새삼스럽게 그렇게 화를 내?"

"나가라는 소리 들을 때마다 내 심정이 어떤 줄 아니?"

"그걸 왜 내가 알아야 해?"

기주는 부들부들 떨었다. 눈에서는 불꽃이 번뜩였다.

"지난달, 이번 달은 그렇다 치고. 월급 밀리고 있는 거 알지? 나는 내 할 일은 하고 있는 거니 내칠 생각은 집어쳐."

기주는 꼭꼭 씹어뱉듯 말했다. 눈에는 눈물이 그렁했다. 툭 치면 왈칵 쏟아질 것처럼 터지기 일보 직전이다. 나는 기주의 눈길을 피하며 무덤처럼 수북한 할머니 물건들을 내려다보며 생각했다.

실은 기주도 떨고 있는 거다. 갈 곳도 없는데 어린것은 나가라 하고, 이제껏 거두어 먹여 주고 살길을 열어 주었던 옛 주인은 죽고 없고, 공포스럽지 않겠는가. 그간 기주가 발작처럼 흥분할 때는 내 입에서 나가라는 말이 나올 때였다. 그러고 보니 기주에 대해 아는 게 하나도 없다. 고향은 어디며 엄마 아빠는 어디에 있는지. 왜 집을 나와 남의집살이를 이렇게 오래도록 하고 있는지. 내가 나가라고 소리칠 때마다 그악스럽게 움켜쥐는 저 손안에는 대체 어떤 사연이 있는 걸까.

오늘은 나도 내가 벅차다. 곱슬머리로 돌아간 나를 생각한 순간 그간 버텨 왔던 멘탈은 완전히 나간 것 같았다. 마치 할머니는 내가 바닥 찍기를 기다리고 있는 거처럼 보였다. 그런 걸 의도하지 않고는 이럴 수가 없다.

기주까지 헤아려 줄 만큼의 여력이 남아 있지 않았다. 저녁상을 차리던 모양이었다. 내가 오기를 기다리며 저녁을 한 기주의 모습이 그려졌다. 내가 좋아하는 매운갈비찜이다. 빨간 양념 사이로 감자에서 뽀얗게 분이 났다. 군침이 도는 걸 티 내지 않으려고 고개를 돌려도 콧구멍은 벌써 냄새를 탐하고 있다. 기주는 내 입맛을 속속들이 알고 있으며, 교복과 일상복에 칼 주름을 내어 정리하는 등 제 할 일을 허술히 한 적이 없다. 다른 사람을 들인다 해도 기주만큼 내 입맛에 맞지는 않을 것이다.

할머니 옷 무덤 앞으로 갔다. 그 위로 푹 엎어졌다. 할머니를 끌어안듯 옷 무더기를 한껏 감싸 안았다. 할머니만 살아 계셨어도 내 머리가 이렇게 복잡할 이유가 없는 건데.

"하나도 버리지 마."

옷 무더기에 코를 박고 말했다. 할머니 냄새가 났다. 갓 씻고 나왔을 때의 비누 냄새가 은은히 풍겼다.

"버리지 말라고?"

기주가 당황한 듯 되물었다.

"내가 입을 거야. 할머니 옷."

"어, 어디 아프니?"

"할머니 쓰던 물건 한 개도 손대지 마. 내가 쓸 거야."

당분간 할머니 물건을 정리하고 싶지도 버리고 싶지도 않았다. 그 자리 그대로 두고 싶었다. 할머니가 이 집 안에 있는 거처럼 해 놓고 싶었다. 그러니까 나는 아직 이별할 준비가 안 된 거다. 이미 사건은 벌어져 시간은 지났지만 내 마음은 그걸 인정하거나 받아들이지 못했다. 혹여 물건 중에 할머니가 남긴 사인이 있는데, 그걸 정리해 버리면 영영 못 찾을 것 같은 우려가 제일 컸다. 시간이 지날수록 할머니가 남긴 모든 것에 어떤 표식이 남아 있을 거란 생각이 들었다.

이별도 시간이 필요한 거다. 어느 정도 시간을 써야지만 뭔가 정리되고 갈 바를 알게 되는 것 같다.

할머니 옷은 이렇게 남아 있는데 할머니가 쓴 시간은 어디에 남아 있는 것일까. '나를 만나기까지 할머니가 건너왔던 시간?' 그건 할머니가 들려주었던 이야기 속에 있지 않을까.

목화송이 제빵집

새끼 염소를 선물로 받은 다음 해 초여름, 이화는 염소 주인을 찾아갔다. 햇밀로 만든 떡을 손에 들고서였다. 밀을 빻아 거칠게 만든 개떡이다. 이화의 정성스러운 손길로 자란 새끼 염소는 기품이 흘렀고 튼실했다. 새끼 염소에게 먹이를 줄 때마다 다짐하고 또 다짐했다. 언젠가는 그를 꼭 찾아가리라고. 새끼 염소는 어느새 우유를 생산했다. 이화의 또 다른 손에는 뽀얀 염소우유 한 병이 들려 있다.

작년 가을, 언덕에서 처음 본 그의 인상은 너무나 파리했다. 하얀 모시옷을 별로 정갈히 입었으며 땅 한번 함부로 밟지 않았을 것 같은 흰 고무신을 신고 있었고 몇 가닥 흘러내렸지만 단정하게 묶은 머리칼은 서양 사람처럼 곱슬거렸다. 세상 어느 것에도 지지 않을 것 같은 형형했던 눈빛, 사물을 꿰뚫어 볼 것 같은 예리함까지. 얼굴엔 살집이 없어 여위어 보였지만 눈빛만은 살아 있었다. 명민해 보이는 분명한 눈빛 너머 따뜻함까지 들어 있는 눈길이었다. 그렇게 먼 눈길로 이화를 바라보았다. 어쩌면 훌쩍이는 이화를, 목화송이 염소와 얘기하는 이화를 낱낱이 보고 있었는지도 모르겠다.

두 계절이 지난 뒤, 그의 모습은 당시 먼발치서 볼 때와는 또 달랐다. 그때도 들판에 나부끼는 허수아비같이 허우룩해 보였는데, 두 계절이 지나 가까이 마주 선 그의 몰골은 더욱 형편없었다.

제대로 그의 얼굴을 살핀 건 이번이 처음이다. 빛 한번 쐰 적 없는 병자 같았다. 무턱대고 찾아온 이화를 보자 예상했다는 듯 당황하는 기색도 없이 이화가 건넨 뽀얀 병 우유와 개떡을 받아 들고 함박웃음을 지었다. 소리 없이 하얀 이를 드러내며 웃었다. 살집이 없는 그의 얼굴에는 주름이 파도처럼 일었다. 이화는 그의 두 손에 들린 것을 본 뒤 허리를 숙여 인사한 후 그 집을 뛰쳐나왔다. 쉴 새 없이 쿵쾅대는 심장 때문에 그 자리에 더 이상 있을 수 없었다. 노랗게 부서지는 초여름 햇살과 비질 자국이 가지런하게 나 있던 마당, 유리장처럼 반들거렸던 마루. 그와의 첫 만남을 생각하면 맑게 부서지던 햇빛 속 그 집만 떠올랐다. 활짝 웃던 그의 얼굴은 아무리 해도 떠오르지 않았다.

다시 찾아갔을 때 모형처럼 딱딱하게 굳어 버린 개떡이 그의 앉은뱅이책상 위에 놓여 있는 걸 보게 되었다. 이화는 얼굴이 화끈거렸다. 먹지도 못할 거친 음식을 준 것 같아 부끄러워서 쥐구멍에라도 들어가고 싶은 심정이었다. 이화의 눈길이 딱딱하게 굳은 개떡에 머무르자 그가 변명처럼 말했다.

“너무나 귀한 선물이었어.”

부드럽고 안정적인 저음의 목소리에 쿵 하고 가슴이 또 내려앉았다. 이화의 심장은 더욱 거세게 쿵쾅거렸다.

"……"

이화는 말없이 방바닥에 손가락 그림을 그리며 고개를 숙였다.

"먹고 싶었지만 소화력이 점점 약해져 어쩔 수…… 굳었지만 일부러 버리지 않았어. 눈으로 아주 오랫동안 먹고 있었지."

숨이 턱 멎는 것 같았다. 누가 자신을 이렇게 소중하게 대해 준 적이 있었던가. 갑자기 이화 자신이 무척 귀한 존재가 된 것 같아, 붕 떠오르는 것처럼 기뻤다.

그의 책상 위에는 원고지와 책이 수북했다. 까만 하이칼라 교복을 입은 흑백 사진 속 그는 그야말로 모던 보이였다. 짧은 머리칼이 하늘로 부풀어 오를 정도로 곱슬머리였지만 가지런하게 다독거린 모습이 교복과 잘 어울렸다. 유난히 하얀 이가 도드라질 정도로 밝게 웃는 건강했던 그가 거기 있었다. 이화는 다시 숨이 멎는 것 같았다. 그의 나이를 가늠할 수 없었는데, 조금씩 그의 젊음이 보였다. 스물일곱의 그.

마루 위에 우유를 내려놓는 이화에게 선물이라며 건네던 흰 손. 그의 손에는 책이 두 권 들려 있었다. 맑게 씻긴 우유병과 함께. 이화가 빈 우유병을 보고 웃었다. 그가 이화의 웃음을 읽고 말했다.

"보통 우유는 과당 때문에 먹을 수 없는데 염소우유는 따뜻하게 끓여 먹었어."

그의 목소리는 덥힌 우유에서 나는 김처럼 부드럽고 포근했다.

"……"

이화는 내내 한마디도 하지 못하고 듣기만 했다. 그의 숨소리 하나 말소리 하나 놓치지 않기 위해서 어찌나 귀를 세웠는지 모른다. 온몸의 세포를 예민하게 깨워 일제히 그를 향하게 하는 자신을 발견했다.

흰 염소를 키운 건 염소우유를 먹기 위해서라고 했다. 그때 준 새끼 염소가 자라 이렇게 우유를 먹을 수 있다는 게 그저 놀랍다고 했다. 이화는 따끈함이 감도는 개떡 보퉁이를 뒤춤으로 숨겼다. 그러자 그가 빙긋이 웃으며 손을 내밀었다.

"놓고 가요."

그가 자기 눈과 가슴을 가리키며 웃었다. 이화도 그의 얼굴을 올려다보며 조금은 미안한 듯, 조금은 기쁜 듯 웃었다.

이화는 누군가를 위해 해 줄 수 있는 일이 있는 게 더없이 기뻤다. 심장이 또 걷잡을 수 없이 뛰었다. 이유를 알 수 없었지만 이런 기쁨은 세상에서 처음 맛보는 것이었다.

곁에서 아저씨 수발을 들어 주고 싶었다. 아저씨의 손이 되어 아저씨를 살릴 수 있다면 그렇게 하고 싶었다. 염소우유를 넣은 빵과 맛있는 밥과 금방 버무린 결 고운 나물로 밥을 먹게 한다면 훌훌 털고 기운을 차릴 수 있을 것 같았다. 책상 위에 마구 흐트러진 원고지와 여기저기 널브러진 책도 정리해 주고, 무엇보다 아저씨가 먹을 수 있는 음식을 해 주고 싶었다. 그러면 건강을 되찾을 수 있지 않을까 싶었다. 그렇게 따뜻한 기운을 아저씨에게 나눠 주고 싶었다.

더없이 덕망 높은 집안의 자제인데 서울에 공부하러 갔다가 몹쓸

병에 걸렸다고 했다. 민란 때도 그 집만은 불타는 것을 면했으며 전쟁 중에도 인민군이 점령하지 않은 집, 인근 땅을 모두 갖고 있는 지주였지만 그만큼 베풀어 그 동네 사람들은 배곯은 적이 없다고 했다. 민란이 일어날 때마다 동네 사람들이 나서서 그 집을 보호할 정도로 덕이 높은 집이라고 이구동성으로 말했다.

이화는 어머니께 수발 이야기를 꺼냈다가 등짝이 얼얼하도록 맞았다. 그 집처럼 부잣집에 수발들 사람이 없을 거 같냐고, 그의 어머니에 부리는 사람까지 여럿 있는 집이라고 했다. 이만하면 새끼 염소받은 보답은 한 것이니 그만 발길을 끊으라고 했다. 폐병쟁이니 가지 말라고 했던 엄마의 당부가 쟁쟁했지만 귀에 들어오지 않았다.

거친 밀을 맷돌에 갈았다. 밀 껍질을 곱게 채에 쳤지만 아주 가려낼 수는 없었다. 빵을 만들면 묵처럼 갈색을 띠고 여전히 거칠었다. 발효가 제대로 되지 않아 탄성이 없었다. 숙성이 되지 않으면 돌처럼 무겁고 딱딱한 개떡이 되었다. 발효가 문제였다. 빵은 발효가 생명이다. 효모를 구할 수가 없다. 마땅히 발효시킬 수 있는 게 없었다. 옥수숫가루로 술빵을 쪄 먹던 게 생각났다. 탱글탱글 노랗게 살아 올라오던 탄성. 빵을 좀 더 부드럽게 하고 영양을 주기 위해 우유를 써보기로 했다. 누룩으로 발효시켜 만든 막걸리에다 염소우유를 넣어 반죽했다. 아랫목에 이불을 덮어 발효시켰다. 탄성은 많아졌지만 거친 건 여전했다. 발효된 것이라면 소화력과도 관련이 있으니 부드럽게 할 재료를 찾으면 될 것 같았다.

빵은 여전히 거칠었다. 좀 더 부드럽게 만들 수 있는 방법이 없을까. 어떻게 하면 소화가 잘되는 것을 만들 수 있을까. 최대 고민이었다. 소화가 잘되는 곡식? 그래, 찹쌀이었다. 이화네 집은 식구들 입에 풀칠할 수 있는 논 몇 마지기와 소작논까지 있어서 배는 곯지 않았다. 부드러우면서도 찰기가 있어서 잔칫날만 먹을 수 있던 기정떡이 떠올랐다. 찹쌀을 불려 빻아 막걸리로 발효시켜 여름철에 먹던 떡이다. 뽀얗고 부드러웠으며 찹쌀의 찰기 때문에 촉촉했지만 술 냄새가 많이 났다. 막걸리 때문에 오랜 시간 두고 먹어도 상할 염려가 없었다. 막걸리 특유의 냄새를 줄이고 고소함을 첨가하기 위해 찹쌀밥을 지어 노랗게 누룽지를 만들었다. 곱게 빻은 다음, 채에 쳐 가루를 냈다. 거기에 팥소를 넣은 찐빵 같은 기정떡을 만들어 보기도 했다. 늙은 호박과 감자 위에 근대를 덮어 쪄 내어 구수한 향을 입혔다. 근댓국은 위와 장이 나쁜 사람에게 식이 요법으로 쓰인 것을 안다. 어머니는 위가 예민해 늘 트림을 하고 식후에는 체기가 있어서 괴로워했다. 한여름에 어머니가 식사를 못 하고 누워 있으면 된장을 풀어 근대죽을 끓였다. 어머니는 간신히 그것을 넘긴 뒤 자리를 털고 일어났다. 어머니는 그것을 먹어야만 여름을 났다. 여름이면 밭에 지천으로 자라는 게 시금치와 근대와 아욱이었다. 늙은 호박은 부기를 빼 주고 소화력을 높여 주며 특히 폐에 좋다고 했다.

쑥갓꽃이 말갛게 노란색으로 올라오면 그의 책상에 꽂아 놓고 오곤 했다. 맑고 밝은 빛이 그의 몸에 스며들기를 바라는 마음이었다. 온갖 정성으로 만든 가루에 염소우유를 넣어 반죽할 때면 손끝에서는 오로라 같은 푸른 기운이 나와 반죽에 푸른 물이 들 것 같았다.

가장 까다로운 손님이 가장 맛있는 빵을 만든다는 말은 프랑스 신부님이 해 준 말이다. 집 주변에 지천으로 널려 있는 돼지감자로 구수한 맛을 더했고 해바라기 씨앗으로 씹는 맛과 고소한 맛을 더했으며 소화력을 높였다.

아저씨 앞에 찹쌀누룽지 가루와 밀가루, 근대 향을 입힌 호박과 감자를 넣어 만든 빵을 내놓았다. 너무나 맛있게 먹었다. 고소하게 씹히는 게 뭐냐고 물었다. 해바라기 씨앗이라고 하자, 아저씨는 해바라기꽃처럼 환하게 웃었다. 오랜만에 설사를 하지 않았고 속이 편안했다고 했다.

아저씨는 정식으로 빵을 주문했다. 내일도 한 개만 만들어 달라고 했다. 방바닥에 빵값이라며 내놓았다. 받을 수 없다고 고개를 저었다. 언제까지라도 아저씨에게 빵을 만들어 줄 수 있게만 해 달라며 한사코 거절했지만 특별한 시작이니 이렇게 해야 한다며 그만큼의 값을 매겨 주변에 얘기할 거라고 했다. 빵값을 받지 않을 거면 내일부터는 오지 말라고 단호하게 말했다. 성당 공소에 오는 영국 신부님, 프랑스 신부님께 맛을 보여 드리면 깜짝 놀랄 거라면서 자기가 만든 빵인 양 의기양양한 모습으로 이화를 바라보았다.

젖이 나오지 않아, 분유를 먹이면 설사를 하는 갓난아기를 안고 아기 엄마가 찾아왔다. 아이는 밥물만 간신히 삼켰다. 비쩍 곯아 있었다. 동네를 돌아다니며 젖동냥을 하기에는 아이가 너무 허약했다. 소화에 별 무리가 없던 아저씨가 떠올라 염소우유를 먹여 보면 어떻겠냐고 했다. 일단 팔팔 끓여 소독을 한 다음, 밥물에 한 숟갈씩 섞어 가며 먹였다. 우유의 양을 늘리면서 밥물의 양은 줄여 갔다. 아저씨가 염소우유를 먹으면 설사를 하지 않는다는 말을 듣고 용기가 난거다. 이화네 집에 이러저러한 이유로 염소우유가 필요한 사람들이 하나둘 드나들기 시작했다.

성당 공소에는 가끔 영국 신부님과 프랑스 신부님이 번갈아 오는데 그때마다 아저씨와 함께 이화네 집을 찾아왔다. 빵 냄새를 찾아왔다고 해 한바탕 웃었다. 이화는 구차스러운 살림살이를 보여 주는 건 좀 창피했지만 빵 맛을 보고 싶다는 말에는 아무것도 신경 쓰이지 않았다.

프랑스 신부님이 버터를 보여 주며 염소우유로 버터와 치즈 만드는 법을 알려 주었다. 드디어 염소우유로 치즈와 버터도 만들었다. 그 버터로 풍미를 더한 빵을 만들 수 있었다. 우유의 양이 턱없이 모자라자, 아저씨 집에 있는 목화송이 염소의 우유까지 합해 주었다. 우유를 가지러 간다는 핑계로 아저씨 집에 자유로이 드나들 수 있었다. 어떤 날은 아저씨가 우유를 들고 오기도 하여 중간에 마주치면 언덕 위에 앉아 함께 바람을 맞기도 흘러가는 구름을 보며 앞날을 얘기하기도 했다. 그때마다 이화는 어찌나 가슴이 뛰는지 구름을 깔고 앉은 거처럼 둥둥 떠가는 기분이었다. 노을을 보는 그의 눈가가 촉촉히 젖는 것도 보게 되었다. 이화도 따라 눈물지었다.

"노을은 신이 준 선물 같아."

아저씨가 핏빛 노을로 붉게 타오르는 먼 하늘을 보며 말했다.

"……."

"고생했다고, 오늘 하루도 애썼다고 주는 선물."

"아, 네⋯⋯."

저녁이면 매일매일 펼쳐지는 저 흔한 게 선물이라니. 이화는 무슨 말을 해야 할지 몰라 아저씨 따라 노을만 바라보았다. 노을빛을 받은 그의 얼굴은 모처럼 핏기가 도는 거처럼 보였다. 이화의 얼굴도 홍시빛처럼 달아올랐다.

호박씨와 해바라기씨, 돼지감자를 볶아 넣어 고소한 맛을 더 추가했다. 아저씨는 그런 이화를 보며 한 가지를 알려 주면 열 가지를 알아채는 똑똑한 사람이라고 한껏 칭찬해 주었다. 그래서 더욱 사랑스러운 아이라는 말도 서슴지 않고 하게 되었고 그 말을 들은 이화의 얼굴은 붉어졌다.

이화의 빵을 구매하는 사람이 점점 늘었다. 영국 신부님, 프랑스 신부님, 아저씨는 큰 고객이었다. 아저씨는 이화에게 설탕을 공급해 주었다. 성실함과 발전 가능성에 대한 포상으로 언제까지나 설탕을 대 주겠다고 했다. 처음 보는 설탕은 은하수에서 보았던 은가루가 담긴 게 아닌가 할 정도로 빛이 났다. 그 향과 단맛은 화학 약품 냄새가 나는 당원이나 정제와는 달랐다. 설탕은 언제나 아저씨와 동일시되었다. 순백의 옷을 입은 것도 그렇고 부드러우면서 상냥한 말투하며 손에 잡으면 금방 사라질 것 같은 모습까지. 설탕이 순식간에 녹아내리는 것처럼, 아저씨도 어느 순간에 사라질 것 같은 불안함이 비슷했다.

빵에 새로운 것을 추가할 때마다 아저씨에게 달려갔다. 아저씨와 맛을 보며 빵 맛 품평회를 열 듯 얘기를 주고받았다. 소금과 설탕의 비율에 따라 빵의 부드러움이 달라진다는 것도 알게 되었고 정확한 계량이 있어야 같은 맛을 낼 수 있다는 것도 알게 되었다.

그날은 늦은 저녁이었고 집집이 불을 켰다 끄는 시간이었다. 등잔불 아래 이화의 얼굴은 갓 피어난 복숭아꽃 같았다. 다양한 조리법으로 새로운 맛에 도전하는 이화가 아저씨 눈에는 너무나 예뻐 보였다. 발그레 피어나는 열여덟 살의 꽃송이였다. 이화는 아저씨 곁에 있으면 세상 무서울 게 없었다. 자신을 가장 많이 사랑하고 가장 많이 지지해 주고 믿어 주는 사람. 아무것도 아닌 자신을 비로소 한 존재로 우뚝 서게 만든 사람. 이 세상을 헤쳐 가는 힘은 그것이면 된다는 생각을 갖게 해 준 사람이다. 누구든 믿어 주는 단 한 사람만 있으면 세상을 얻은 듯 살아갈 수 있다는 것을 알게 되었다. 이화의 가능성을 봐 준 단 한 사람. 이화는 기꺼이 그를 위해 자신의 모든 것을 내어 주고 싶었다. 그 사람이 이 세상에 없다고 하더라도 살아갈 수 있을 것 같았다. 오직 그 한 사람 때문에 살아 낸 거처럼 그 한 사람을 그리워하며 평생을 살 수도 있을 것 같았다. 이화는 그 한 사람을 위해 단 하루라도 살고 싶었다. 아니 한순간이라도 함께할 수 있다면 소원이 없을 것처럼 간절했다.

온몸이 달아올라 몸살이 날 것처럼 달떠 있었다. 온몸의 세포가 살아 움직이며 아우성치고 있었다. 그러한 자신을 어쩌하지 못해 땅속으로 꺼져 사라지고 싶었다. 자신의 욕망을 아저씨에게 들킬 것만 같아 숨을 죽이며 그 앞에 앉았다. 서로 아무 말도 하지 않았지만

무수한 말이 오고 가는 것 같은 고요하지만 고요하지 않은 시간이
흘렀다.

이화가 빵을 싼 종이를 풀고 아저씨도 빵을 받아 풀다 서로의 손
이 스쳤다. 불에 데인 듯 화들짝 놀랐다. 찌르르 전기가 훑고 지나가
는 것처럼 저릿했다. 이화는 멈칫하고 아저씨를 올려다보았다. 그의
눈은 더욱 깊어졌고 이쪽 세상 사람이 아닌 것처럼 아련해 보였지만
이화를 향한 불꽃이 얼마나 간절한지 보였다. 이화는 멀리 가려는
아저씨를 잡고 싶었다. 조금만 조금만 더 곁에 있어 달라고 애원하고
싶었다. 자신의 무엇을 나누어서라도 아저씨의 목숨을 연장하고 싶
었다.

흘러내린 이화의 머리칼을 아저씨가 쓸어 올렸다. 차마 만질 수도
안을 수도 없는 곱디고운 아이다. 욕심내서는 안 되는 아이라는 것
을 알면서도 어느새 자신을 꽉 채워 주는 존재가 되었다. 이 세상에
와서 이 한 사람을 사랑하는 일이 주어진 일인 양 지난가을 언덕에
서 이화를 보았고, 목화송이 염소를 보며 제 삶을 푸념하는 이화에
게 마음을 흠뻑 빼앗겼음을 알았다. 그런 마음을 누르느라 이화가
눈앞에 나타나면 정신을 차릴 수 없었다. 온 방 안이 빛으로 꽉 차
고, 온 마당이 빛으로 부서졌다. 지난겨울을 넘기지 못할 거라는 의
원의 말이 빗나간 것도 이화 덕분이다. 이화는 자신의 생명도 연장
해 주었다. 건강이 좋아진 듯도 싶었다. 이화가 왔다 간 다음 날은 몸
도 마음도 거뜬했다. 하늘에 떠 있는 뭉게구름처럼 가뿐했다. 온갖
사물에서 빛이 났다. 먼 산등성이에서는 알 수 없는 기운이 뿜어져

나와 힘을 주는 것 같았다. 그런 날은 유독 간절히 살고 싶었다. 그럼에도 욕심내어서는 안 되는 단 한 사람. 그 사람을 위해 욕심내어서는 안 된다고 생각했는데, 어찌하여 이화는 자꾸만 다가오는가. 아무리 밀어내려고 해도 밀어내는 것이 아니었다. 서로가 서로를 잡아당기듯 이화는 매 순간 성큼성큼 준서에게로 걸어 들어왔다.

이화는 준서 곁에 누웠다. 아저씨가 아무것도 가져가지 못한다고 해도 이화는 아저씨에게 어떤 것이라도 주고 싶었다.

이화의 빵은 점차 소문이 났다. 도회지의 빵 만드는 가게에서도 연락이 왔다. 나중에는 유명 제과점에서도 연락이 왔다. 어느 제빵집에서는 우리 가게로 와 주면 안 되겠냐고까지 했다. 이화는 단호히 거절했다. 대신에 소량으로라도 납품하기로 했다. 단가도 제법 세게 받아 풍성하게 재료 구입을 할 수 있었고 동생들 학비도 충분히 댈 수 있었다. 꼬리에 꼬리를 물고 행운이 이어지는 것 같았지만 모든 것에 따라 주지는 않았다.

그날 이후 이화는 아저씨에게 가지 않았다. 아무도 모르는 비밀을 간직해야 했고 그 비밀의 씨앗을 지켜야 하며 누구로부터도 위협을 받지 않아야 하기 때문이다. 배 속에 있는 아기를 어머니가 안다면, 그의 집에서 그의 아기라는 것을 안다면 온전하지 못할 것 같았다. 그러지 않아도 그의 집에 드나드는 것을 극도로 꺼렸던 어머니는 맹수처럼 굴었다. 그의 집에 다녀올 때마다 감시의 눈초리를 거두지 않았다. 대문 밖을 나설 때면 엄마는 어김없이 '빵만 주고 오너라. 방에는 들어가지 말아라.'라는 말을 뒤따라 붙이곤 했었다.

어느 날, 그의 부음 소식이 들렸다. 각혈을 심하게 했고 며칠간 혼수상태에 있다가 숨을 거두었다고 했다. 그의 무덤에도 갈 수 없던 이화는 그가 땅에 묻히는 것을 숨어서 보게 되었다. 슬퍼도 슬프지 않았다. 이화의 배 속에는 그의 아이가 꿈틀, 태동을 했다. 말로 형언할 수 없는 기쁨이 일었다. 그의 일부가 내 속에 살아 있다는 생각이 들었다. 그의 아기다. 그가 자신 안에 있다는 생각이 들자, 슬픔도 이겨 낼 수 있는 힘이 생겼다.

이화 앞으로 봉인된 봉투가 날아든 건 그의 삼우제가 지나고 나서였다. 얼마의 돈이었다. 흰 종이에는 '미리 보내는 설탕'이라고만 쓰여 있었다.

배가 조금씩 불러 왔다. 어머니는 아기를 지울 수 있는 약재를 구해 와서 먹이려고 했지만 이화는 거부했다. 아기가 어떻게 되면 자신도 죽을 거라며 어떻게든 낳을 거라고 소리쳤다. 어머니는 누구의 아이냐고, 근본도 모르는 아이를 낳아서 어쩔 거냐고 닦달했다. 동네에는 처녀가 아이를 가졌다고 수군댔고 손가락질이 이어졌다. 동네에는 온통 이화에 대한 얘기가 떠돌았다. 그날 이화는 선택했다.

고향을 떠나 멀리 갔다. 딸 하나를 낳았고 그 딸은 또 딸을 낳았고 그게 바로 주연서 나다.

할머니는 그 딸에게 자신의 성씨를 주었다. 그래서 우리 엄마 이름은 진이서이다. 할머니 이름의 '이' 자와 할아버지 이름의 '서' 자를 따서 지은 이름이다. 비록 아비의 호적에 올릴 수 없지만 어미의 성을 따서라도 당당한 사람으로 키울 수 있다는 자신감이 있었다. 할머니가 당당히 선택한 사랑의 결실이었고 그렇게 해서라도 사랑의 흔적을 남긴 것이 할머니에게는 하늘이 내려 준 기회라고 생각했다. 할아버지 준서와의 사랑을 지킬 수만 있다면, 그것만이 할머니 최고의 바람이었다. 내 이름 주연서의 '서' 자도 할아버지 이름에서 따왔다고 했다.

자랑삼아 내세울 일도 아니었지만 그렇다고 숨길 만큼 잘못한 것도 없다고 생각했다. 당차게 자신의 인생을 선택해서 왔기 때문에 후회 같은 건 없다고 했다. 다만 필요했던 건 끊임없는 용기, 주변의 시선으로부터 맞설 용기였다고 했다.

그날 할머니의 선택이 아니었다면, 그때의 할머니가 용기를 내지 않았다면 나는 지금 여기에 없는 것이다.

그림을 그리라고 해도 그릴 정도로 할머니는 당신의 어린 시절을 내게 소상히 얘기해 주었다. 그 덕분에 나는 어린 진이화를 가슴에 품고 살았던 듯 내 안에서 다시 불려 나오는 느낌을 받았다. 그렇게 단단하고 야무졌던 소녀 시절의 할머니는 또 다른 사람처럼 내 안에서 자라고 있었던 거다.

할머니는 그날의 선택을 이렇게 정리했다.

"나쁜 일이 일어났을 때 상황이 더 나빠지는 선택을 하는 사람들을 많이 봤다. 잠시 생각해 보렴, 나쁜 일에 더 나쁜 일을 보태면 상황은 손쓸 수 없이 돼 버린단다. 그건 불 보듯 뻔한 일이지. 그런데 더 이상 나빠지지 않게 하는 방법도 분명히 있단다. 여기서 더 이상 나빠지지 않게 하려면 어떻게 해야 하는 것일까. 어떤 것을 결정하고 선택하기에 앞서 반드시 간극이 있게 마련인데 그 간극에서 한숨 돌리며 어떤 선택을 할지 생각해 보면 더 좋은 선택을 하는 게 현명한 것 아니겠니? 산다는 건 수많은 선택으로 이루어지는 거니까, 최선을 다해 상황이 좋아지는 선택을 한다면 그것이 쌓여 결국 해피 엔딩이 되지 않겠니? 호호호."

할머니가 당신 사랑 얘기를 끝으로 붙인 말이다. 당시 나는 그게 무슨 말인가 싶어 두 눈만 껌뻑거렸다. 이제 무슨 말인지 조금 감이 온다.

그때 할머니 손에는 할아버지가 준 '미리 보낸 설탕값'이 있었다. 할머니는 그것에 좋은 것만 보태어 불려 나갔다. 산양유로 구운 빵을 찾는 사람이 늘었고 제빵집을 마련하여 단단히 자리 잡았다. 할머니는 수많은 제빵집을 거느린 회장님이 되었다.

옷 더미에서 할머니가 살아온 시간의 깊이를 헤아려 보는 동안 나도 모르게 입가에 미소가 고였다. 그제야 비로소, 할머니가 영영 사라진 게 아니라는 생각이 들었다.

"제자리 갖다 놔."

기주에게 명령하듯 말했다. 기주는 주방에서 움직임을 멈춘 채 나를 바라보았다.

"진심이니? 진짜 할머니, 아니 여사님 물건 안 버릴 거야?"

"지금은 아니야."

내가 진지하게 답하자, 기주는 말없이 옷 더미를 정리했다.

기주에게 돈 봉투를 내밀었다. 마치 밖에서 돈을 벌어 와 생활비를 내미는 가장이 된 기분이었다.

봉투를 보자 기주는 반색을 하며 집어 들었다.

"어디서 났어? 할머니 유산 찾았어? 엄청나지?"

몸이 녹아날 듯 간드러진 목소리로 상냥하게 굴었다. 봉투를 열어 본 뒤 기주는 실망스러운 눈빛을 감추지 않았다.

"에계, 이걸로 한 달 생활을 어떻게 하라고. 한 달은커녕, 일주일도 못 버티겠네."

그동안 어떤 규모로 이 집이 굴러갔는지 전혀 감이 잡히지 않았다. 카드 대금을 뺀 나머지 금액을 기주에게 건넸다. 생활비가 떨어지기 전에 내 머리칼을 원상 복귀 해야 그다음 봉투를 열어 볼 수 있을 것이다. 그래야 다음 달 생활비가 나올 것이다. 할머니는 다음 열쇠를 얻을 수 있는 장치를 빈틈없이 해 놓았다. 살기 위해서는 어쩔 수 없이 할머니의 유언을 따라야 한다. 감시자에 법적 장치까지 완벽하게 해 놓지 않았던가.

잠깐 눈을 붙인다는 게 깊이 잠이 든 모양이다. 김문과의 만남이 무척 피곤했다. 고소한 기름 냄새에 눈이 떠졌다. 이게 얼마 만에 맡아 보는 기름진 냄새인가.

가려진 시간들

저녁 식탁에 노릇하게 구워진 소고기육전이 올라 있다. 기주가 개운한 얼굴로 밥상을 차리며 콧노래까지 불렀다. 방금 구워 낸 소고기육전에는 기름이 방울방울 끓고 있다. 내가 육전에 손을 대려 하자, 기주가 저지하며 웃었다.

"잠깐만, 소스랑 먹어야 완벽하지."

주방이 어지럽게 널려 있다. 이제 줄줄이 메뉴가 나올 모양이다. 절로 침이 넘어갔다.

"자, 네가 좋아하는 소스로 만들었어. 얼른 먹어. 식기 전에."

기주는 살가운 목소리로 전 접시를 내 앞으로 밀어 주며 말했다. 기주의 낌새가 개운하진 않았지만 전 냄새를 참을 수 없었다. 따끈한 육전이 입 안에서 살살 녹았다. 육즙이 혀와 이 사이에 착착 감기며 부드럽게 녹아들었다. 새콤달콤 매콤한 겨자소스는 입 안을 돌며 끊임없이 젓가락질을 하도록 유혹했다. 레인지 위에는 매운갈비찜이 자글자글 끓고 있다.

라이스페이퍼채소말이와 리코타 치즈를 올린 치킨샐러드가 나왔다. 내가 특히나 좋아하는 것들이다. 점점 메뉴가 늘어날수록 불안했다. 채소말이를 한입 욱여넣고 씹을 때였다. 방금 전에 준 생활비 봉투가 떠올랐다.

"뭐야? 다 쓴 거야?"

"그럼, 그게 얼마나 된다고?"

봉투를 털어 쓴 것이 무척 개운한 거처럼 말했다.

"오늘만 살 거니? 오늘만 사냐고?"

목이 메어 채소말이가 넘어가지 않았다. 기주의 신바람은 돈 봉투에서 나온 거다. 곧 월급도 나오고 퇴직금도 나오리라고 계산한 모양이다.

"야, 이게 며칠 만에 장 본 건데. 장 보다가 좋아서 죽는 줄 알았다."

나는 젓가락을 소리 나게 내려놓았다.

"언니랑 도저히 같이 못 살겠다. 이래서 어떻게 같이 살아?"

솔직히 기주를 아주 내치려고는 하지 않았다. 기주에게 품은 의심이 개운하게 풀리면 어떻게든 할머니의 유산을 찾아 같이 생활하고 싶었다. 이 큰 집을 건사하는 것도 무리고 혼자 사는 건 더더욱 상상할 수 없는 일이다. 그리고 기주의 음식 솜씨, 그건 쉽게 포기할 수 있는 게 아니다.

"뭐? 그, 그게 무슨 소리야?"

기주는 오히려 얼굴을 펴며 환하게 웃기까지 했다.

"같이 살려고는 생각했어? 나 나, 나랑?"

기주는 거의 울 것 같은 표정으로 더듬거렸다. 완전 감동인 모양새이다.

"누가 같이 산대?"

기주의 설레발이 꼴 보기 싫어서 차갑게 되쏘았다.

"그그, 그럼 방금 전에, 그건 무슨 말이야?"

기주는 제 귀를 의심하는 양, 다시 한번 얘기해 달라는 투로 말했다.

"그게 어떤 돈인데, 우리가 그걸로 얼마나 버텨야 하는지도 모르는데, 엉? 이렇게 돈을 막 쓰면 어떻게 같이 사냐고오!"

눈물이 올라왔다. 생활비를 더 받아 내려면 곱슬머리로 돌아갈 때까지 기다려야 한다. 곱슬머리로 돌아갈 생각을 하자, 억울하고 분했다. 약이 박박 올랐다. 할머니가 어떻게 이럴 수가 있나 싶었다. 협조자는 하나도 없고 세상 사람 모두가 한통속이 되어 나를 놀려 먹는 것 같았다.

내막을 모르는 기주는 내가 왜 이러는지 알 길이 없을 것이다.

"유, 유산 찾은 거 아니야?"

"찾긴 뭘 찾아? 할머니가 그렇게 순순히 내줄 것 같아?"

나는 아주 억울한 목소리로 말했다. 하마터면 할망구라고 할 뻔했다.

"그렇긴 하지, 보통은 아니시지. 그럼, 그렇고말고. 그래서 어떻게 됐는데?"

기주가 고개를 주억거리다 말고 물었다.

"뭐 어떻게 돼? 그게 다야."

"에이, 설마."

기주는 믿지 않았다.

"너, 너, 내 월급도 퇴직금도 안 주려고 그러는 거라면 아예 집어쳐."

기주는 손에 들고 있던 국자까지 개수대에 집어 던지며 살차게 말했다. 먹던 음식이 가슴팍에 딱 걸렸다. 월급과 퇴직금 얘기할 때마다 정나미가 떨어졌다. 돈으로 맺어진 관계 그 이상은 아니라는 생각이 들어서 당장 돈다발을 면상에 뿌리고 내쫓고 싶었다.

"안 주면? 안 주면 어쩔 건데?"

나도 악에 받쳐 소리쳤다. 마치 빚쟁이처럼 몰아붙이는 게 여간 기분 나쁜 게 아니었다.

"이게 어디서, 꼼수를 쓰려고? 내 돈 떼어먹을 생각 마라."

기주는 눈이 튀어나올 것처럼 부릅뜨며 덤비려고 했다. 저 솥뚜껑 같은 손으로 때리면 나는 완전 쥐포가 될 것이다.

"뭐 하자는 거야? 때리게? 내 몸에 손끝 하나 대 봐, 당장 경찰에 신고할 거야. 방금 전에 변호사 만나고 왔거든, 할머니 변호사이면 내 변호사이기도 해. 언니를 무단 취식으로 내칠 수도 있어. 알아?"

나도 기주에게 으르렁댔다. 그간 쌓인 스트레스를 기주에게 풀듯이 쏘아붙였다.

기주의 표정이 싸늘히 굳었다.

"언니 월급과 퇴직금은 내가 안 줘도 된대, 변호사가. 엄밀히 얘기하면 할머니가 언니를 고용한 거지, 내가 고용한 건 아니잖아?"

변호사가 하지도 않은 말을 술술 잘도 지어냈다. 어떻게든 기주의 저 오만방자함을 누르고 싶었다. 기주의 낯빛은 불씨가 사그라지는 재처럼 서서히 변했다. 마지막 희망이라고 생각했던 월급과 퇴직금이 눈앞에서 녹아 사라진 듯, 아주 절망적인 얼굴이었다. 기주는 주먹을 꼭 그러쥐며 부들부들 떨었다. 그런 뒤 말없이 제 방 쪽으로 뒤돌아섰다. 그렇게 제 방으로 들어가는 줄 알았다.

"야, 너하고 내가 뭐가 다른데? 너도 이제 고아야. 할머니도 돌아가셨잖아. 여사님 빼고 말하면 너와 내가 뭐가 다른데!"

기주의 째진 목소리가 날카롭게 내 귀에 꽂혔다. 고아라는 말이 나를 낭떠러지로 밀어냈다. 나는 한없이 날카로운 바위 계곡을 지나 아래로, 아래로 낙하하는 중이다. 바닥이 끝 간 데 없이 깊어, 떨어지는 시간이 현기증 나게 길었다. 내가 도저히 참을 수 없는 건 기주의 저 불손함이다. 할머니가 죽고 없다고 하루아침에 얼굴을 바꿔버린 기주의 무례함을 견딜 수 없다. 월급과 퇴직금 얘기가 나올 때마다 돌변하는 기주가 괘씸했다. 어떻게든 기주의 아킬레스건을 건드려 고개를 숙이게 하고 싶었다.

"언니랑 나랑 어떻게 같아? 하, 동급이라고? 그렇게 생각하고 싶은 거겠지."

고아라는 말은 나를 냉정하게 만들었다. 머릿속이 차가워지는 느낌이 들었다.

"너는 운이 좋아 부자 할머니를 만난 것뿐이야."

"뭐라고?"

눈앞이 핑 돌았다. 날카로운 칼날에 스윽 베인 것처럼 뜨끔했다.

"그러니 까불지 말라고."

말하는 수위가 점점 기고만장이었다. 물러서고 싶지 않았다.

"누가 누구한테 까분다고 그래? 까부는 건 언니 아니야?"

나는 째지는 목소리로 되받아쳤다.

"그게 무슨 말이야?"

"병원에서 할머니 유품을 챙긴 사람도, 할머니가 없는 이 집에 처음 들어온 사람도 언니야. 내가 언니 말을 다 믿을 줄 알아?"

이때다 싶어 기세를 몰아 쏘아붙였다.

"머, 뭐?"

기주의 얼굴빛이 새하얗게 질렸다. 내 짐작이 틀린 것만은 아니란 생각이 들었다. 할머니가 끼고 있던 두툼한 금가락지와 집 안에 있던 현금 뭉치를 발견하고 아무것도 없다고 한들 나는 믿을 수밖에 없다. 경황이 없는 통에 허둥지둥 시간이 흘렀고, 겨우겨우 정신을 차리고 보니 그 말을 다 믿고 있는 내가 한심스러웠다. 구워삶아 먹기 좋은 상태로 놔둔 것 같아 어떻게든 나도 살아야겠다는 생각이 들었다. 며칠이 지나고 현실이 눈에 들어올수록 아무것도 없다고 잡아떼는 기주의 말을 처음부터 믿은 건 기주에게 허점을 보여 준 거나 마찬가지였다. 그렇게 한들 내가 어찌할 수 있는 건 없지만 일부러 자신의 행동을 무마하려고 더욱 큰소리치는 건 아닌가, 생각했다. 어떻게든 제 몫을 챙겨 가기 위한 고도의 연기를 하는지도 모른다는 의심을 놓지 못했다.

나는 식탁에 도로 앉아 아무렇지 않게 먹다 만 음식을 먹었다. 기주는 그런 나를 보고 기가 질린 듯, 제 방으로 들어가 버렸다. 식탁 위의 음식을 꾸역꾸역 밀어 넣었다. 누구 앞이든 꼿꼿한 내 모습을 보여 줄 것이다. 어떤 상황이 닥쳐도 버틸 것이고 아무도 만만히 보지 못하게 할 것이다. 입 속의 음식을 천천히 씹고 또 씹었다. 기주에게 보여 주고 싶었다. 내가 이 집 주인이라는 것을.

방금 전에 먹은 음식이 속에서 곤추섰다. 위벽을 꾹꾹 찌르며 심장 박동까지 버겁게 만들어 신물이 올라왔다. 오지게 체한 것 같았다. 화장실로 뛰어가 토했다. 눈물과 콧물이 줄줄 비어져 나왔다. 기운이 빠져 침대에 그대로 쓰러졌다. 처음으로 무섭다는 생각이 들었다. 이제껏 받아들이지도 인정하지도 깊이 생각해 보지도 않았던 '아무도 없다'라는 자각이 고개를 들었다. 부러 외면했던 사실이 점점 다가와 깊이를 알 수 없는 구멍 속으로 빨려 들어가는 기분이었다. 운이 좋아 부자 할머니를 만난 것뿐이라고? 그 말은 내가 아무것도 아니라는 말과 같았다. 그 말에 눈앞이 핑 돌은 건 정말 아무것도 아닌 것이 될까 봐서였다. 그게 무서웠다. 그게 무서워 더욱 기주에게 발악을 떤 거라는 생각이 들었다. 뭐가 뭔지 아무것도 모를 것 같은 기주도 저렇게 비수와 같은 말을 숨기고 있다. 사람들이 나를 어떻게 볼까 그게 두려웠다. 그동안 할머니라는 거대한 바람막이 뒤에 안온하게 살았는데, 이제 거친 바람 앞에 나 홀로 전면에 나서야 하는 것이다.

전화벨이 요란하게 울렸다.

- 야, 아직도 자냐?

순빈이다.

- 응, 왜?

- 야, 지금이 몇 시인데? 빨리 학교로 튀어 와.

창밖이 환했다. 헉, 아침 자습 시간 끝나 갈 시간이다. 기주가 깨우지 않았다. 보복을 이런 식으로 하다니, 그간 아무리 지지고 볶아도 학교 갈 시간은 꼬박꼬박 챙겨 줬는데, 어젯밤 완전 기분이 상한 모양이다. 집 안이 너무나 조용했다. 일단 학교 먼저 가는 게 순서이다.

미용실 갈 때가 지나, 벌써 머리 밑은 구불거리며 새 머리가 올라왔다. 매직으로 폈던 머리칼을 잘라 내야 한다. 그래야 내 본래의 머리칼로 돌아갈 수 있다.

식탁 위에도 주방도 거실도 말끔히 정돈되어 있다. 한 번도 밥을 해 먹은 적이 없는 거처럼 물기 한 방울 없이 바싹 말라 있다. 기주는 보이지 않았다. 어젯밤 격렬했던 기 싸움이 떠올랐다. 기주도 내가 꼴 보기 싫겠지. 나이도 어린 게 상전 노릇에 박박 자기가 주인이라고 을러대고 나가라는 둥, 돈도 못 준다는 둥 죽이고 싶을 것이다. 거기다 최후의 일격을 나에게 가하고 자기도 당하지 않았던가. 기주는 내 마지막 말에 완전 나가떨어진 표정이었다. 더 이상 아무 대거리 없이 사라졌다. 기주가 아무리 어기댄들 칼자루를 쥐고 있는 사람은 나다.

아무튼 지금은 빨리 학교를 가는 게 급하다. 1교시 수업 전까지는 가야 벌점이 없다. 머리를 산발한 채 뛰었다. 구불거리는 머리카락 뿌리 부분은 손볼 새도 없다.

교문 앞에 다다르자, 한 아이가 무성한 튤립나무 아래 서 있는 게 보였다. 하경이와 어울려 다니되 있는 듯 없는 듯 지내는 지유였다. 지유와는 그다지 말을 섞은 적이 없다. 지유는 말없이 행동하는 편이지 말이 많은 정도는 아니다. 지유가 늘어진 잎사귀 아래에서 숨어 있다가 나오는 거처럼 튀어나와 말했다.

"늦었네."

그 아이의 목소리가 실감 나지 않아 되물었다.

"으응?"

의외였다. 나한테 말을 걸다니. 근데 왜? 하는 눈빛으로 지유를 바라보았다.

"기다렸어."

"나를? 왜?"

"할 말이 있어서. 아니 해 줄 말이 있어서."

"나한테?"

나는 걸음을 재촉하며 숨찬 목소리로 물었다.

"1교시 끝나고 쉬는 시간에 생각의 뜰에서 봐."

지유는 내게 말을 붙이면서도 주변을 살폈다. 아무도 없는 빈 운동장과 교정에는 나무들뿐인데도. 교실이 가까워지자 곤충들이 붕붕대는 것 같은 소음이 쏟아졌다. 쉬는 시간을 틈타 수다가 흘러넘쳤다. 지유는 교문으로 이어지는 나무 아래를 벗어나자 나와는 다른

길로 사라졌다. 나와 있는 것을 들키면 안 되기라도 하듯.

교실로 들어서자 수업 시작종이 울렸다. 순빈이와 눈이 마주쳤다. 순빈이는 곧바로 책을 보았다. 내일 지구가 멸망할지라도 나는 보던 책을 보리라는 평정심으로는 최고였다. 지유를 찾아보았다. 지유도 아무렇지 않게 분주히 손을 놀리며 수업 준비를 했다. 아무 일도 일어나지 않은 평범한 하루의 시작으로 보였다. 지유는 무슨 말을 해 주고 싶다는 것일까.

수업 끝 종이 울리자 지유는 아무렇지 않게 교실을 빠져나갔다. 나는 순빈이 자리로 돌아 나가며 말을 건넸다.

"전화, 고마웠다."

순빈이는 고개도 들지 않고 손을 들어 보이며 하던 일을 계속했다.

지유는 벤치에 앉아 핸드폰을 보고 있다. 초록으로 우거진 숲에 지유의 교복이 하얗게 빛나지 않았으면 찾지 못할 것처럼 나무가 빽빽했다. 비탈진 언덕에 오솔길도 있고 정원처럼 꾸며, 나무 아래로 들어서면 제법 아늑한 맛도 나고 운동장이 한눈에 내려다보이는 곳이다. 정원 바깥에서는 누가 있는지 보이지 않을 정도로 빼곡한 나무 사이에 지유가 앉아 있다.

"무슨 말이야?"

지유 옆에 앉으며 물었다.

"톡이나 전화로 할까 생각했는데, 얘기가 길기도 복잡하기도 해. 그리고 흔적을 남기면 안 돼. 내 폰을 뒤질지도 모르거든."

"응? 누가?"

"하경이."

"소문보다 무서운 아이구나."

"넌 하경이에 대한 소문을 들었으면서도 왜 매번 하경이의 제안을 거절했어?"

"뭐, 같이 어울리자는 제안? 그건 내 마음이지, 난 패거리 짓고 그러는 거 싫어해. 난 자유로운 게 좋아, 그리고 나도 눈이 있지, 걔네들 그렇게 어울려 다니는 게 좋아 보이지도 않았어."

바람결 따라 수런거리는 잎사귀들의 움직임을 보며 말했다.

"그래, 하경이가 하던 말이 그 말이구나. 주연서 센 아이라고 했던 말, 그래서 하경이도 네 앞에서 꼼짝 못 한 거였구나."

"하경이가 나한테 꼼짝 못 했다고?"

"이제껏, 하경이의 제안을 거절하는 애는 없었어."

"그것도 웃기다, 왜 거절하면 안 돼. 거절하고 싶으면 거절하는 거지."

"그래, 난 처음부터 거절이라는 말을 생각조차 못 했으니까."

"하고 싶은 말이 뭐야?"

"내가 말했다는 것을 알면 나는 위험해져."

숨이 턱 막혔다. 어떤 유추도 할 수 없어서 답답하기만 했다. 아무리 생각해도 지유나 하경이와 엮일 만한 일이 없기 때문이다.

"누구한테? 나 때문에?"

당황하여 나는 재차 물었다.

"하경이한테."

"걔가 왜? 너는 요즘 하경이와는 거리를 두는 것 같던데."

종종 순빈이를 보는 시선에 하경이와 지유가 같이 있는 걸 보긴
했지만 전처럼 하경이와 어울려 지내는 것 같지는 않았다.

"지금 당장은 그래. 그렇지만 언제 또 휩쓸릴지 몰라."

"그게 무슨 말이야. 놀기 싫으면 안 놀면 되고 보기 싫으면 안 보
면 되지."

"그게, 그게 나는 너처럼 그게 되지 않아. 그래서 그런 내가 싫어."

"근데, 뭐가 문제야?"

"사실, 지난번 너희 할머니 돌아가시던 날 노래방에 갔을 때, 실은
너를 손보려고 그랬던 거였어. 네가 전화를 받고 황급히 나가는 바
람에 일이 틀어진 거지."

그래, 그날 하경이도 지유도 함께 있었다.

"나를? 손본다고? 왜?"

아무리 생각해도 뜬금없었다.

"사실, 난 할머니 장례식장에 가고 싶었지만 하경이 눈치가 보여
갈 수가 없었어."

"그래, 그건 지난 일이고, 나를 왜 손본다고?"

"순빈이."

순빈이 이름이 지유의 입에서 툭 떨어졌다. 전혀 예상치 못한 이
름이다. 이게 무슨 생각지도 않은 삼각관계인가 싶었다.

"순빈이? 순빈이가 왜? 놀라움의 연속이다."

도대체 얘기가 엮어지지 않아 졸가리를 잡을 수가 없다.

"……"

"재미는 있네."

아무렇지 않은 척, 허세를 떨며 말했지만 심장은 쉴 새 없이 나댔다. 예측 불허의 얘기를 계속 듣는다는 쫄깃함이 있지만 당황스러웠고, 순빈이가 나를 긴장시키는 존재가 되었다는 것을 새삼 알게 되었다.

"넌, 이게 재미로 들려?"

지유가 낮게 읊조린 다음 나를 올려다보았다.

"응?"

지유의 반응에 또 한 번 놀랐다.

"난, 목숨 걸고 얘기하는 기분이야. 너한테 재미로 들릴지 몰라도."

"그래, 그건 미안. 근데 지금 이 상황 무지 뜬금없다고 생각은 안 드니?"

"그럴 거야. 그래서 나도 너한테 얘기해 줘야 하는 게 맞다는 생각이 들었고, 벼르고 별러서 얘기하는 거야."

지유가 엄청난 용기를 냈다는 얘기이다.

"하나씩 풀어 보자. 근데, 하경이가 왜 나한테?"

"하경이가 순빈이에게 준 선물을 네가 하고 있었거든."

들을수록 미궁이다.

"뭐래? 내가 왜 걔 선물을? 특히 순빈이가 받은 선물을 내가 왜? 나 그런 적 없어."

머릿속이 뒤엉키는 기분이 들었다. 아무리 생각해도 절대로 그럴 리 없는 것을 누군가 지어내지 않는 이상 일어날 수 없는 일이다. 내가 그간 뭘 놓치고 온 건가? 하는 생각이 들어서 눈앞이 어찔하기도 했다.

"학원 예비고 반 때, 사실은 하경이가 순빈이 마니또였어. 마니또 공개하는 날 순빈이에게 준 니트 머플러."

고등학교 입학하기 전 예비고 특강 반에 다닌 적이 있다. 그 반에 하경이와 순빈이, 지유 모두 함께 있었다. 하경이는 순빈이를 따라왔을 테고 우리 할머니는 정보력 짱인 순빈이 엄마의 꼬드김에 넘어가 학원을 한 개 더 등록했다. 누군가 레트로 게임을 하자고 했고, 아, 그러고 보니 그게 하경이의 강력한 제안으로 성사된 이벤트였다.

니트 머플러라면, 털목도리? 아무리 짚어 봐도 기억나는 게 없다.

"근데, 같은 머플러를 살 수도 있는 거지. 난 전혀 상관없는 일이야. 무슨 순빈이 목도리가 우리 집에 와 있겠어? 그 당시에는 말도 잘 안 섞었는데."

"사실 그건 내가 뜬 거였거든."

"헐, 뭐가 이리 복잡하게 사연이 많아? 네가 뜬 걸 왜 하경이가 순빈이에게 줬어?"

"그렇게 됐어. 하경이는 남이 하는 것을 그대로 따라 하는 경향이 강해. 내가 순빈이를 좋아하는 걸 알고 순빈이에게 관심을 갖게 된 거 같아. 자기 감정이 어떤 건지도 모르면서 남들이 갖는 건 못 보겠다는 거지."

가만히 있어 보자, 그러니까 지유도 하경이도 순빈이를 좋아한다고? 여자아이들이 많이 따르는 건 알았지만 이렇게 요소요소에 있을 줄이야.

"헐, 복잡하다. 근데 그렇다고 순순히 네가 뜬 걸 주냐?"

"나는 안 준다고 할 깡도 없어. 사실 나도 그 머플러 순빈이 주려고 한 거라, 잘됐다 싶었어. 솔직히 연서 네가 머플러를 갖고 있다는 말을 듣고 속이 후련한 것도 있었어. 어떻게 된 건지는 모르겠지만."

머릿속이 띵했다. 무슨 말을 어떻게 해야 할지 몰라 주춤대는 사이 지유가 말을 이었다.

"그리고 요즘 너희 둘이 붙어 다니잖아."

"나랑 순빈이?"

그간 암호를 푸느라 책을 주고받기도 그것을 확인하느라 머리를 맞대고 전화를 걸기도 했다. 그리고 이곳 생각의 뜰에서 순빈이와 만나는 것을 하경이가 보고 쌩, 돌아선 적도 있다. 누군가의 눈에 계속 거슬렸다는 얘기이다. 짐작이 맞았다. 하경이는 순빈이를 계속 신경 쓰고 있었던 거다. 이제는 순빈이보다 내가 더 신경 쓰인다는, 아니 거슬린다는 얘기이다.

"고등학교 입학 후 하경이가 제일 불안해한 건 우리 셋은 같은 반인데 하경이만 다른 반이라는 거야. 하경이는 그걸 제일 불안해했어. 순빈이에 대한 일거수일투족을 나한테 듣고 싶어 했고. 순빈이가 가끔 너희 집에 가는 것도 무척 부러워하는 것 중에 하나였어."

순빈이가 우리 집에 제 할머니를 모시러 오는 것까지 다 알고 있다는 얘기이다.

"너희 둘이 어울려 다닌 얘기를 하경이한테 일일이 보고하는 내가 너무 싫었어. 너와 순빈이는 아무것도 모르는 것 같은데, 중간에 내가 나쁜 짓을 하는 것 같았어."

도통 헤아려지지 않던 그간의 일이 어느 정도 짚어졌다. 중간에 꼬붕 노릇을 해야 했던 지유의 난처함이 읽혀져 좀 짠한 마음도 들었다.

"사람이 누구의 소유도 아니고, 나랑 친구면 걔랑 친구 하면 안 되는 거니? 난 그렇지 않다고 봐. 그래서 하경이 제안도 거절한 거야. 굳이 그렇게 경계를 지을 필요가 뭐 있어? 그렇게 패거리 짓는 게 외려 다른 친구들한테는 섬과 같이 접근하면 안 되는 거처럼 보인다는 걸 모르진 않을 텐데."

무슨 말을 하는지 모를 정도로 흥분하여 횡설수설 덧붙였다. 솔직히 무척 당황스러웠다.

"그러니까 순빈이와 내가 그렇게 특별한 사이는 아니라는 거야."

지유가 그윽한 눈빛으로 나를 바라보았다.

"그래, 맞아. 역시 넌 달라."

"후우, 오늘 너무 많은 걸 알아서 멀미가 날 지경이다. 다르다고? 그건 또 무슨 소리야?"

"넌 특별히 다른 아이들과 어울리는 것 같지도 않은데 혼자처럼 보이지도 않아."

"그, 그랬나?"

지유가 나보다 나를 더 잘 알고 있는 듯한 느낌이 들었다.

"그런 힘은 어떻게 생기는지 항상 궁금했어."

나한테 그런 힘이 있다고? 그게 힘인지도 그런 게 나한테 있는 건지도 방금 전까지 몰랐다. 생각해 보니 지유의 말이 맞는 것 같았다. 특별히 어울리는 아이들이 없다고 혼자라거나 외롭다고 느껴 보진 않은 것 같았다. 그런 것도 결국 할머니가 길러 준 건 아닐까. 할머니의 당당함, 할머니의 의연함이 내게 시나브로 물든 것은 아닐까. 할머니의 이야기를 듣고, 할머니의 나눔을 보고 할머니의 일상을 보며 나도 모르게 배우게 되는 것.

"우리 할머니. 날 키운 건 우리 할머니니까."

나무들 사이로 푸르게 맑은 하늘을 올려다보았다. 할머니가 나에게 남기고 간 것은 따로 있는 게 아닐까. 보이는 것이 아닌 보이지 않는 것.

"아, 하아―"

지유가 알 수 없는 한숨을 쉬며 나를 따라 하늘을 올려다보았다. 지유는 뭔가 골똘히 생각에 잠기는 것 같았다. 쉬는 시간이 얼마 남지 않았다.

"그럼 하경이가 머플러를 너한테 찾아오라고 한 거야?"

"아니, 그렇게 한 건 아닌데 그래야 할 것 같아서."

"너도 참……."

근데, 그게 왜? 우리 집에 와 있지? 도무지 이해가 되지 않았다.

"누군가는 나서서 꼬여 있는 걸 풀긴 풀어야 할 것 같아서."

"그게 너일 필요는 없는 거잖아. 모른 척해도 될 일이고."

지유의 마음이 그간 편치만은 않았겠다는 생각이 들었다.

"내 책임도 있어. 계속 벼르고 있어. 하경이가."

"웃긴다. 누가 누굴 별러?"

"하경이, 우습게 보지 마, 생각보다 집요해. 집착이라고 하는 게 맞을지도 모르겠다."

"하경이 걔는 제 입 두고 왜 말을 못 하는데? 그게 그런 머플러였다면 나한테 진즉 말했으면 이렇게까지 오지 않았을 거 아니야."

"너 같으면 하겠니?"

지유도 만만치 않았다.

"그, 그래, 그건 그러네."

"무엇보다 그런 문제는 자존심이 전부인데 하경이 같은 애가 그런 걸 순순히 보여 주는 식으로 풀진 않지."

"그건 그렇다 치고, 너는 이런 얘기를 나한테 왜 굳이 하는데? 목숨까지 걸고."

"모르겠어 나도. 은근 너를 응원하고 있더라고. 너랑 친구가 되고 싶었는데, 너한테는 틈이 없다고 해야 하나? 결핍이 없어 보인다고 해야 하나?"

"결핍이 없는 사람이 어딨니? 결핍으로 인정하지 않고 결핍으로 여기지 않을 뿐이지. 속내를 보면 결핍투성이다."

내가 숨기고 싶은 게 얼마나 많은지 모르는 모양이다.

"그래?"

지유가 의외라는 표정으로 설핏, 웃었다.

"아무것도 모르고 하경이한테 당하지 않았으면 싶었어. 아무것도 모른 채 당해 본 사람은 그 황당함을 아니까. 하경이가 옳지 않다는 걸 알면서도 동의도 거절도 못 하고 끌려다니는 내가 마음에 들지 않았어. 그래서 나만의 결행을 하려고, 더 이상 휘둘리지 않겠다는 선언이기도 해.”

지유의 결연함이 보였다.

“그래, 결행, 고맙다. 이제까지 네가 한 말이 사실이라면.”

“내 말을 안 믿는단 얘기니?”

지유는 가늘게 떨리는 목소리로 물었다.

“아니, 그건 아니고, 나는 그 머플러에 대한 기억이 전혀 없으니까.”

“너 대단하다.”

지유는 벌떡 일어나 교실 쪽으로 향했다.

“넌, 하경이보다 더 못됐어. 알아?”

지유는 거의 울 것 같은 표정으로 뒤돌아보며 말했다. 지유의 목소리에는 울음이 가득 묻어 있다. 지유는 그렇게 자리를 떴다.

순빈이도 지유도 하경이도 전혀 다른 사람처럼 보였다. 이제껏 알고 지내던 것과는 전혀 다른 분위기로 읽혔다.

하교 무렵 하경이가 찾아왔다. 하경이는 꼭 서너 명의 아이들과 함께 다녔다. 무슨 의전도 아니고, 혼자 오면 폼이 안 나는지, 세를 보이고 싶어서 그러는 건지, 알 길은 없지만 어쨌든 스스로의 힘은 아주 약하다는 뜻 아닐까. 초등 시절부터 학부모회의 학급장이 직업이라던 제 엄마와 비슷했다. 하경이 엄마도 늘 무리의 대장인 양 아줌마들을 몰고 다녔다.

지유를 슬쩍 보았다. 지유는 못 본 척 책가방을 정리했다. 그렇지만 몹시 긴장하며 이쪽을 의식하는 게 보였다.

나는 할머니 장례식 이후의 나와 이전의 나는 전혀 다른 사람처럼 느껴질 정도로 달라졌다. 그간의 내 모습이 어떤 건지 보였다고 해야 하나? 열일곱 살의 할머니처럼 나도 뭔가 결정할 때가 온 것 같았다. 열일곱 살에 할머니는 사랑을 선택했고 한 생명을 선택했으며 그 사랑으로 당신의 운명을 개척했다. 자신의 온 생애를 걸고 그 속으로 단호히 뛰어들었다. 할머니는 일가친척 누구와도 왕래가 없었지만 주변은 늘 이웃들로 풍요로웠다. 할머니는 사람을 알아보는 눈이 있어야 한다고 했다. 그래야, 주변이 좋은 사람들로 이루어지고 그들과 좋은 기운을 주고받으며 더욱 좋은 일을 만들어 낸다고 했다.

할머니와 단둘이 살고 있다는 것도 몰랐던 아이들이다. 그 아이들에게 속내를 털어놓은 적도, 보인 적도 없다. 부자 할머니를 두어서 부럽다는 말은 들었지만 엄마 아빠가 없다는 것을 알면 깐볼 것이라는 생각이 들었고 굳이 알리고 싶지 않았다. 가까이 지내게 되면 이러저러한 사정도 다 알게 될 것 같아 일정 거리를 유지하는 게 주변을 대하는 태도였다. 결국엔 나도 내 안의 약한 모습을 보이고 싶지 않아 자기 보호색을 쓴 것이다. 결핍이 없다니, 말도 안 되는 소리이다.

"연서야, 노래방 가자."

하경이가 아무렇지도 않게 친한 척하며 내 어깨에 팔을 둘렀다.

지유의 말을 신경 쓰지 않을 수 없었다. 하경이의 접촉에 소름이 돋았다. 나와 관련된 지유의 말을 다 믿을 수 없다 쳐도 지유의 핸드폰을 검사한다는 말과 다른 사람이 뜬 머플러를 제 것인 양 가로챘다는 건 아무리 생각해도 봐줄 수가 없다.

"내가 지금 노래방 갈 기분이라고 생각해?"

하경이의 팔을 걷어 내며 차갑게 말했다.

"아, 미안, 너 지금 상중이지?"

나는 그냥 웃었다. 아니 웃음이 나왔다.

"미안? 미안하다고 했니?"

내가 웃음을 거두며 싸늘하게 물었다.

"우리한테 뭐 서운한 거 있니?"

하경이가 정색을 하며 물었다.

"그 우리, 우리 하는데 우리가 대체 누구니? 꼭 그렇게 무리 지어 다녀야 하니? 그리고 서운한 건 네가 나한테 있는 거 아니니?"

하경이의 팔이 어깨에 닿는 순간 내 감각은 유리 조각처럼 예민해졌다. 말을 할수록 내 목소리는 날카로움이 고조되었다. 하경이는 가슴팍이라도 가격당한 듯 뒤로 물러섰다. 잠시 뒤, 주변의 시선을 의식했는지 단번에 표정을 가다듬으며 말했다.

"하여간 넌, 여러 가지로 재수 없어."

"뭐?"

"뭐가 그렇게 늘 당당해? 재수 없게."

"내가 당당한 걸 네가 왜 재수 없어 해? 웃긴다."

하경이랑 이렇게 맞짱 뜨는 아이는 나밖에 없다. 그간 할머니랑 살면서 길러진 깡이기도 하다.

"야, 너 그리고 머리가 그게 뭐야?"

하경이는 대거리하고 싶지 않다는 듯 딴 데로 말을 돌렸다. 내 머리 쪽으로 향하는 하경의 손을 거세게 저지했다. 나의 아킬레스건은 발뒤꿈치에 있는 것이 아니라 머리카락 뿌리 부분에 있다.

머리칼은 어느새 자라 뿌리 쪽이 곱슬거리는 바람에 전체적으로 언밸런스했다. 앞으로 할 일은 매직으로 폈던 머리칼을 밑단부터 잘라 내는 일이다. 처졌던 직모는 잘려 나갈 것이고 곱슬머리가 나오게 될 것이다. 그게 내 원래 머리칼이다.

"왜, 내 머리가 어때서?"

"너, 곱슬이었어?"

하경은 희번덕거리는 눈으로 내 머리칼을 들여다보는 시늉을 했다. 같이 온 아이들도 자연스럽게 내 머리칼로 시선을 모았다. 그런 다음 아주 놀란 표정을 지었다. 상대의 큰 약점이라도 잡은 듯한 눈빛이다.

"왜 곱슬이 뭐 어때서. 곧게 뻗은 머리칼은 정상이고 곱슬은 비정상으로 보이니?"

나도 모르게 송곳처럼 뾰족해진 말투로 쏘아붙였다. 묻지도 않은 말을 연타로 쏟아 냈다.

"너, 왜 그래? 왜 이리 오버하고 그래? 아무도 없어서 막살고 싶은 거니?"

"뭐?"

나는 책상을 빡, 소리 나게 치고 일어났다. 아이들도 주춤 물러섰다.

"네가 선택하지 않은 걸로 큰소리치지 마. 운이 좋은 것뿐이야."

하경이가 내 어깨를 누르며 말했다.

어제 기주가 했던 말과 묘하게 겹쳤다. 신기하게도 기시감이 들 정도로 같은 결의 말이었다. 그간 몹시 거슬렸다는 듯 비아냥거리는 말투였다.

"뭐라고? 니가 나한테 할 소리는 아니지 않니?"

"여전하시네. 너, 그동안 너무 잘난 체했다고 생각 안 해?"

"내가 뭘? 너한테 고분고분하지 않았다고? 너 진짜 웃기는 애다. 그러는 넌? 넌 뭘 믿고 이렇게 설치는데?"

"뭐라고? 이게!"

하경이가 한 대 치기라도 할 기세로 다가왔다. 수직적으로 누르지 않으면 당한다는 생각은 어떻게 자라게 되는 걸까? 하경이를 보면서 그런 생각을 했다. 자신의 위치는 주변이 세워 준다는 생각으로 늘 무리를 이끌고 다니는 아이이다.

"하고 싶은 말이 뭔데? 하고 싶은 말이 뭔지는 정확히 알고는 있니?"

에둘러 돌아가고 싶지 않았다. 정곡을 찔러 빨리 끝내고 싶었다.

"뭐?"

하경이가 당황했는지 주춤거렸다.

"좀 솔직해지면 안 되겠니?"

"하이고 똑똑하셔, 그래, 너는 알고 있다는 뜻이네. 내가 널 왜 못마땅해하는지."

"나는 그런 거 신경 안 써. 됐냐?"

"이게 누굴 호구로 아나."

그때 순빈이가 교실 입구에 서서 내 이름을 불렀다.

"주연서, 담임 샘이 잠깐 오래."

하경이가 멈칫했다.

"넌, 끝까지 재수 없는 애야, 알아?"

하경이는 내 귀에 낮은 목소리로 속삭인 뒤 곧바로 태도를 바꿔 교실을 나갔다. 세상에서 가장 잘 보이고 싶은 대상이 나타났기 때문이다. 아직도 순빈이를 마음에 품고 있다니. 자신이 준 선물을 성의 없이 처리한 걸 알았다면 주었던 마음을 접을 수도 있을 텐데 그게 그렇지 않은 모양이다. 아니면 상대의 마음 같은 건 전혀 고려하지 않는 막무가내형인지도 모른다. 지유 말이 사실이라면 그 선물을 갖고 있는 내 잘못이 아니라, 그것을 함부로 다룬 순빈이에게 문제가 있는 건데 상대를 타깃 삼는 것도 맞지 않는 거다. 뭐가 문제인지 정확히 들여다보지도 생각하지도 않았겠지.

담임은 내 얼굴을 보자 괜찮지? 하고 물었다. 나는 고개를 끄덕이며 간단하게 네,라고 대답했다. 할머니 돌아가시고 처음 있는 면담이다. 담임은 장례식장에서 말없이 내 등을 한참 동안 쓸어 주었다.

"그래, 우리 연서 씩씩하지?"

아뇨, 사실은 벌벌 떨고 있어요, 혼자 남는 게 어떤 건지 몰라서 혼란스러워요,라고 말하고 싶었지만 하지 않았다. 그런다고 한들 감쇠되는 건 없으니까. 오로지 혼자 남겨진 자의 몫이니까.

담임은 말로 다 담을 수 없다는 듯 내 손등을 여러 번 쓰다듬었다. 장례식장에서도 내 등을 한참 동안 말없이 쓸어 주는 거로 말을 대신했다. 어설픈 위로의 말보다 나았다.

기주에게, 하경이에게 센 척하는 것도 나의 현실을 부정하는 데서 오는 반응이라는 생각이 들었다. 이미 씩씩하다고 세다고 든든하다고 단정 짓는 사람들에게 징징대는 모습을 보이는 것도 내키지 않는 일이다.

교실로 돌아와 순빈이를 찾았지만 보이지 않았다. 핸드폰도 꺼져 있다. 벌써 하교를 한 모양이다. 순빈이에게 머플러에 대해 묻고 싶었지만 그 증거를 찾기 전에는 섣불리 말을 꺼내고 싶지 않았다.

지유가 기다리고 있었다. 지유의 낯빛이 해쓱했다. 몹시 걱정되는 얼굴이다.

"걱정하지 마."

내가 지유의 등을 토닥이며 말했다.

"……."

"용기 내기로 했다며, 그 용기 잘 지켜 나가."

같이 교문을 나서고 싶었지만 하경이 눈에 띄면 지유에게 화살이 돌아갈 것 같았다.

"먼저, 나가. 내가 뒤이어 나갈 테니."

내가 지유의 보디가드가 된 듯 멀리 떨어져 지유를 보며 집으로 향했다.

마음 같아서는 빛과 같은 속도로 뛰어 집으로 가고 싶었다. 순빈이 머플러를 찾기 위해서이다. 아니 정확히 말하면 지유가 뜨고 하경이가 순빈이에게 준 목도리, 순빈이는 누구에게 줬길래 나에게 온 것일까. 내가 아니면 할머니가 받았다는 얘기인데. 할머니 옷방부터 뒤졌다. 얼핏 스치는 장면이 있다. 개학 후 갑작스럽게 폭설이 쏟아지던 날, 집을 나서는 내게 할머니가 급히 둘러 주던 머플러가 있었다. 할머니는 은근 순빈이와 오작교라도 놓는 양, 아주 흐뭇한 얼굴로 내 목에 동여맸을 것이다. 나도 순빈이도 전혀 의식하지 못했던 머플러를 각자의 이유로 예민하게 감지한 사람은 할머니와 하경이와 지유였던 것이다.

기주에게 본 적 있냐고 물어보려고 했지만 집에 없다. 집 안은 너무나 조용했다. 아침에 허둥지둥 나가면서 보았던 모습 그대로 깨끗하다.

할머니가 갖고 있는 것과는 결이 달라 금방 찾을 수 있으리라 생각했는데 보이지 않았다. 도통 무슨 색깔인지도 기억나지 않았다. 하경이에게 물어볼 수도, 지유에게 물어보고 싶지도 않았다.

순빈이에게 톡을 했다.

- 야, 하경이한테 선물받은 니트 머플러 무슨 색이었니?

- 뜬금없이 그게 언제 일인데.

- 빨리 말해. 무슨 색이냐고?

- 몰라, 나도 기억 안 나.

- 그건 왜?

- 닥치고 대답이나 해.

- 몰라.

- 야, 넌 남한테 받은 선물을 그딴 식으로 성의 없이 무슨 색인지도 모르고.

- 그거 너희 할머니한테 드렸어.

- 왜 하필 우리 할머니야? 너희 할머니 두고.

- …

- 하경이가 나를 어떻게 생각하겠니?

- 미안, 그게 그렇게까지는 생각 안 해 봤어.

- 하여간, 너 같은 애를 민폐라고 하는 거다.

- 좀 심하게 말한다?

- 뭐가 심해? 애초에 네가 예의 없게 군 거지.

- 예의?

- 그래, 예의.

- 너도 예의 뭐 이런 거 따질 만큼 예의 있는 애는 아니잖아?

순빈이가 예의를 따지고 들면 불리한 건 나다. 그간 보여 준 게 있기 때문에 예의에 대해서는 할 말이 없다.

- 됐다.

준 당사자도 모른다는 정체불명의 머플러를 찾는 게 급선무이다.

옷장 구석에 수납 박스가 보였다. 실크 스카프와 캐시미어 머플러 사이에 아주 거친 니트 목도리가 접혀 있다. 이게 하경이와 지유의 순정이 담긴 머플러라는 얘기이다. 당장 순빈이에게 톡을 했다.

- 집 앞 공원으로 나와.

- 나 바로 과외 있어.

- 당장 튀어 나와.

목도리를 둘둘 말아 공원으로 향했다.

저만치 순빈이가 느린 걸음으로 걸어왔다. 급한 게 없다 이거지? 나는 순빈이를 향해 뛰었다. 순빈이의 얼굴에 머플러를 집어 던졌다. 순빈이는 멍하니 나를 보더니 땅바닥에 떨어진 머플러를 주워 들었다. 이게 뭐냐는 눈빛이다.

"너, 정말 이게 뭔지 몰라?"

"몰라, 이렇게 생긴 건지도 기억 안 나."

"너 생각보다 나쁜 아이구나."

"이게 왜 나한테 와 있는지, 우리 할머니한테 와 있는지 말해."

"그래, 그건 기억나. 너희 할머니한테 드린 거는 확실하게. 갑자기 일어난 일이었어. 마침 가방 속에 그게 들어 있었고 학원 끝나고 우리 할머니 모시러 너희 집에 갔을 때 분위기가 싸했어. 우리 할머니랑 다투신 것 같았어. 너희 할머니가 울고 계셨으니까."

"뭐라고? 우리 할머니가 우셨다고? 왜?"

할머니가 울었다는 소리에 나도 모르게 눈물이 올라왔다. 할머니가 울다니. 왜 울었을까. 할머니 우는 모습을 상상하자 참을 수 없는 울음이 북받쳐 올라왔다. 마치 지금 내 앞에 있는 순빈이가 우리 할머니를 울린 게 아닌가 착각이 들 정도로 화가 끓어올랐다.

"왜 우셨냐니까!"

순빈이를 향해 울음 묻은 목소리로 소리쳤다.

"나, 나도 몰라. 우리 할머니랑 다툼 끝에 우신 것 같았어."

"너희 할머니 지금 어디 계셔?"

"뭐? 우리 할머니한테 따지게?"

"그럼, 우리 할머니한테 가서 물어보리?"

"됐어. 내가 들은 말은······."

"뭔데?"

"우리 할머니가 '넌 그런 자식이라도 있냐?'고 하셨어."

할머니의 가장 아픈 부분을 건드린 거다.

시체 안치실에 있던 할머니의 얼굴이 지나갔고 뼈가 하얗게 되어
나온 화장터의 모습이 스쳤고 가루가 되어 납골함에 담긴 할머니 모
습이 지나갔다. 나는 그 자리에 앉았다. 처음으로, 할머니가 돌아가
시고 정말 처음으로 할머니를 생각하며 목 놓아 울었다. 철퍼덕 주
저앉아 울었다.

"야, 왜 이래."

순빈이가 내 어깨를 잡으며 말했다. 가슴이 아려 오다 못해 아팠
다. 내가 우는 것보다 백배는 더한 아픔이 찾아왔다. 어깨를 잡은 순
빈이의 손을 떨치며 일어섰다.

"너네, 할머니 진짜, 눈치 없으셔. 알아? 어떻게 우리 할머니한테
그런 말을 하셔?"

"알아. 미안, 내가 대신 사과할게. 우리 할머니도 요즘 심각해, 너

희 할머니 돌아가시고 부쩍 말수가 줄었어."

두 할머니는 서로가 서로를 부러워했던 거다. 우리 할머니는 순빈이네 가족을, 순빈이 할머니는 우리 할머니의 성취를 부러워했던 게 아니었을까. 자기 안의 콤플렉스를 잘 들여다보면 가장 절실하게 원하는 게 뭔지도 알 것 같다. 내가 엄마 아빠 없는 것을 숨기고 싶어 하는 거처럼. 그것도 일종의 욕심이라고 할머니가 그러지 않았던가. 없는 것을 어쩌라고, 운명처럼 부재로 되어 버린 것을 계속 갈구하면 스스로가 구멍을 파고 들어가는 거나 마찬가지라고 하지 않았던가. 도저히 극복할 수 없는 것이기 때문에 구멍으로 남겨 두되 그것이 앞으로 나아가는 데 걸림돌이 된다면 그거야말로 바보 같은 짓이라고 하지 않았던가. 천하의 진이화 여사도 스스로 어쩌지 못하는 게 있었다. 아무리 애써도 회한으로 남을 수밖에 없는 것, 그때 여행을 보내지 말았더라면, 조금만이라도 붙잡아 놓고 1초라도 늦게 집을 나서게 했더라면, 아니 그날 여행을 가지 말라고 말렸더라면, 하는 수십 가지의 가정으로 한탄의 숨을 뱉고 있었던 것이다.

"그래서? 이 목도리는 뭐냐고?"

울음 섞인 목소리로 순빈이가 들고 있는 머플러를 세차게 흔들며 물었다.

"내가 우리 할머니를 모시고 나가니까, 그날 바람이 어찌나 세게 불던지, 너희 할머니가 집 안에서 입던 얇은 옷차림으로 따라 나오셨어. 우리 할머니가 무척 미웠을 텐데도 나한테 할머니 잘 모시고 가라고 대문까지 따라 나오시더라고. 너무 추워 보여서 가방에 있던 걸 꺼내 목에 둘러 드렸어, 선물이라면서."

할머니가 순빈이를 예뻐하는 데는 이유가 있었다.

"난, 솔직히 너가 부러울 때 많았어. 특히 너네 할머니가 우리 할
머니였으면 어땠을까, 하는 생각도 더러 했었고."

나는 눈물을 훔치며 순빈이의 말에 멈칫했다. 속으로 좀 놀라는
중이다. 내가 생각했던 거와는 정말 달랐다. 순빈이네는 어느 집보
다 완벽해 보였다. 그래서 더욱 순빈이에게 쌀쌀맞게 굴었다. 한마디
로 재수 없었다.

"우리 엄마랑 우리 할머니는 거의 안 봐. 한집에 살아도 말을 섞지
않아."

나는 그 말에 눈물이 쏙 들어갔다.

"왜?"

"나도 몰라. 도대체 뭐가 잘못된 건지. 아주 사소한 것들이 쌓였
겠지. 20년을 함께 살았으니. 내가 어렸을 때는 할머니 손이 많이 필
요했는데, 이제 그렇지 않아서 그런 건지, 서로 눈치를 보고 그래. 괜
한 주도권 싸움을 하는 것 같기도 하고. 그래서 우리 집은 서로 모르
는 척하는 게 주특기야."

"……"

"나는 우리 집의 그런 상황을 너네 할머니가 다 알고 있었다고 생
각해."

"그래?"

"우리 할머니도 그래서 더욱 자랑하듯이 떠벌렸는지 몰라, 덮으려

고. 사실 너희 집이 우리 할머니 피난처이자, 휴식처였어. 우리 할머니는 너네 집을 더 편하게 생각했어. 집에서 쌓인 걸 해소하는 곳으로 생각한 것 같기도 하고."

그동안 두 분의 사이가 좋은 건 아니었지만 꼬박꼬박 모여서 놀다가 끝에는 꼭 티격태격하며 헤어졌다.

"아빠가 더 싫더라."

"그건 또 왜?"

"아빠는 엄마와 할머니 사이에서 완전 나쁜 사람이 되어 있어. 한쪽에서 욕을 먹으면 다른 쪽에서는 욕을 먹지 말아야 하잖아, 그렇지 않더라고. 내가 선택한 건 말을 하지 않는 거야. 봐도 못 본 척, 알아도 모른 척."

나는 순빈이의 얼굴을 다시 보았다. 순빈이가 허공을 바라보며 큰 숨을 뱉어 냈다. 순빈이 안에도 응어리가 차곡차곡 쌓여 가는 게 보였다. 순빈이 할머니의 공허했던 말과 억지웃음 소리의 근원을 알 것 같았다.

"근데 이걸 하경이가 어떻게 알아?"

순빈이가 머플러를 들어 보이며 물었다.

"학기 초에 눈 오던 날, 할머니가 강제로 둘러 주는 바람에 하고 간 적이 있어. 그날 하경이가 본 모양이야."

"젠장, 걔는 너무 부담스러워. 난 별로 관심 없거든."

"야, 그래도 이건 아니지."

"미안, 전혀 기억 못 했어."

"나한테도 하경이한테도 네가 실수한 거야."

물론 할머니한테는 좋은 기억으로 남았겠지만. 깨끗하게 세탁하여 각지게 개켜 보관한 것만 봐도 이 머플러를 얼마나 소중히 여겼는지 알 만했다.

"너네 할머니가 전에 그런 말을 하신 적이 있어."

"무슨 말?"

"내가, 연서 니 친구여서 마음이 놓인다고."

"아이구— 할머니 때문에 내가 미쳐."

천지간에 누구한테도 맡길 수 없는 손녀를 놓고 간다면? 제일 믿을 만한 사람은 누구일까? 어렸을 때부터 됨됨이를 보아 온 아이가 있다면 그 아이가 손녀 곁에 있기를 바라겠지.

"우리 할머니는 나보다 너를 더 인정한 건 알고 있냐? 너를 바라보는 할머니 눈에서 완전 꿀 떨어지는 거 여러 번 봤다."

"너희 할머니는 좀 특별했어. 우리 집에서는 느껴 보지 못한 걸 알게 해 준다고 해야 하나? 그런 느낌, 아무것도 아닌 나를 그렇지 않다고 알려 주셨어. 너네 할머니는 언제나 나를 존중해 주셨어. 그래서 더 잘해 보려고 하는 마음을 먹게 하는 게 너희 할머니였어. 넌 정반대로 날 대했지만. 할머니가 날 예뻐해 준 것도 다 널 위해서라는 걸 난 알겠던데."

할머니는 나를 떠난 게 아니라는 생각이 들었다. 요소요소에서 할머니는 불쑥불쑥 소환되었다. 살아 계실 때보다 더 많이 함께하는 기분이라고 해야 하나?

"아무튼 쓸데없는 오해받기 싫으니까, 이거 하경이한테 보여 주고 미안하다고 해. 어쨌든 하경이가 준 선물이잖아."

너, 때문에 꼬인 애가 한둘이 아니야, 하고 덧붙이려다 말았다. 지유 얘기는 일부러 뺐다. 그 문제는 지유가 또 해결하리라는 생각이 들었다. 지유 또한 이런 식으로 제 마음을 전달하는 걸 어떻게 생각할지 몰라서였다. 순빈이는 말없이 머플러를 받아 들었다.

"너, 꼭 사과해라."

"알았어, 그만해라, 이제."

"널 뭘 보고 아이들이 이렇게 좋아하는지 모르겠다."

"아이들이? 하경이 말고 또 있다고?"

"오, 말귀는 또 제법 빠르시네."

"야야, 벅차다. 사양한다고 전해 주라, 제발."

순빈이의 저런 무심함이 아이들에게 매력으로 보이는 모양이다. 하긴 나도 순빈이와 시간을 함께하며 마음이 움직인 건 사실이니까.

"그래도 인기 없는 것보다는 낫지 않냐?"

"됐다고, 거부한다고. 가라."

순빈이는 반갑지 않은 소리라는 듯 김빠지는 목소리로 말했다.

내가 뒤돌아설 때, 순빈이가 급하게 말했다.

"계속 이렇게 만나면 안 되냐?"

"응? 너하고 나?"

내가 뜨악한 눈빛으로 물었다.

"하여간 너도 눈치 되게 없어."

순빈이의 귓불이 발갛게 달아올랐다.

"왜 그래, 새삼스럽게."

"됐어. 지난번 나한테 빚진 거 잊진 않았지?"

"뭐? 아, 김문 전화번호 찾기? 아아, 알지. 기억하지. 어떻게 해야 하는데? 맛있는 거 쏘면 되냐?"

"안 돼. 그런 시시한 거로는."

"뭐? 그럼?"

"김문이랑 만날 때 나도 같이 보는 거."

"헐, 그걸 니가 왜?"

"할머니가 생전에 하신 말씀 얘기했잖아. 내가 네 친구여서 마음이 놓인다는 말씀, 난 그게 너네 할머니가 나한테 남긴 마지막 말 같았어. 유언은 지켜야 되는 거 아니니?"

순빈이 입에서 유언이라는 말이 나오자 쿵 하고 심장이 내려앉았다.

"그건 아주 사적인 거라 안 돼."

김문이 내 성적까지 관리한다는 걸 알면 순빈이는 뭐라고 생각할까. 끔찍했다. 눈앞이 까매졌다.

"사적인 거라니?"

순빈이가 놀란 듯 물었다.

"있어 그런 게. 넌 몰라도 돼. 진정으로."

순빈이는 나의 단호한 말투에 입을 다물었다.

기주가 없다. 기주의 방문을 열어 보아도 그대로이다. 기주의 방 안도 깨끗하게 정리되어 있다. 이불도 개켜 있다. 어젯밤 내가 너무 심했나? 하는 생각이 들었다. 한편으로는 이 집에서 누군가를 경계 하고 의식할 사람이 없다는 게 무척 편안하기도 했다. 나를 옥죄던 것이 사라져서 자유로워진 기분이었다.

시간이 지나 밤이 깊어지자 너무 적막했다. 세상이 어떻게 이렇게 조용할 수가 있는 거지? 싶을 정도로 고요했다. 온몸의 감각이 예민 해지기 시작했다. 방마다 돌아다니며 창문을 잠갔다. 처음 해 보는 일이라 어디에 얼마나 창문이 있는지 몰랐는데 이걸 밤마다 할머니 잔소리를 들으며 기주가 했구나, 하는 생각이 들었다. 초여름 선선한 바람을 맞고 싶었지만 바람조차도 날 불안하게 만들었다. 고요함이 이렇게 무서운 것이라는 걸 처음 알았다. TV 볼륨을 키우고 음악을 크게 틀었다. 그러다가 바깥에서 들리는 소리를 듣지 못할까 봐 그 게 또 불안했다. 다시 TV를 끄고 음악 소리를 줄였다. 내 온 신경은 집 밖으로 향해 있다. 도둑이 들어올지도 모른다, 밤늦게 기주가 들 어올지도 모른다는 생각에 공연히 인터폰을 누르며 대문 밖을 살폈 다. 대문 밖은 저녁 어스름 안개만 자욱했다.

집 안에 잡스러운 소음이 이렇게 많이 난다는 걸 처음 알았다. 혼 자 있을 때 비로소 들리는 사물들의 뒤틀림이 귀에 꽂혔다. 딱, 툭, 탁, 띡, 무서웠다. 바람 소리는 왜 이리 자주 들리는 것이며 집 안 여 기저기서 나는 이상한 소음은 무엇인지 그동안 할머니와 기주와 있 을 때는 한 번도 듣지 못했던 것들이다. 처음으로 주방의 냉장고와 김치냉장고 등 여러 개의 전자 제품에서도 주기적으로 모터 돌아가는 소리가 감지됐다. 환풍구 쪽에서는 정체를 알 수 없는 바람이 거대하게 휘몰아쳐 들어오는 소리가 들렸다. 적막함 속에 크고 작은 소음이 들릴 때마다 내 몸은 극도로 긴장했다.

기어이 밤을 넘기지 못하고 기주에게 전화를 걸었다. 핸드폰은 꺼져 있다. 대체 어디서 뭘 하고 있길래, 핸드폰까지 꺼 놓고. 다시 기주 방문을 열어 보았다. 아주 간 것 같지는 않았다. 절대로 아주 갈 사람도 아니다. 받아 낼 게 있는데 호락호락하게 포기하지는 않을 것이다. 몇 년 동안 쏟은 정성을 무위로 돌아가게 만들지는 않을 것이다. 누구보다 생의 본능이 강렬하다는 것을 기주가 음식을 먹을 때 보고 알았다. 우리 집에 왔을 때 밥 먹을 때마다 눈치를 봤다. 처음엔 밥을 같이 먹지 않겠다고 했다. 할머니가 그러지 말라고 했다. 같이 먹어도 된다고 하자, 아니라고 혼자 먹는 게 편하다면서 마다했다. 기주가 밤늦게 몰래 음식 먹는 것을 보게 되었다. 먹는 게 아니라 흡입하는 거처럼 들이부었다. 먹는 것을 들키면 안 되기라도 하듯. 깡말랐던 기주의 몸은 몰라보게 뚱뚱해졌다. 할머니가 걱정된다며 기주에게 밤늦게 먹지 말라고 했지만 기주는 야식을 끊지 못했다.

기주가 들어온 건 삼 일 후였다. 현관문을 열고 들어섰을 때 음식 냄새를 맡고 기주가 온 걸 알았다. 식탁에 음식이 차려져 있다. 왜 이렇게 마음이 놓이는지 모르겠다. 기주의 음식 냄새는 내게 안정감을 주었다. 나를 가장 불안하게 하는 사람이 안정감을 주기도 하다니.

이게 무슨 모순인가. 기주는 지난 몇 년 동안 하루도 집을 비운 적이 없는데, 요 며칠 그녀의 부재가 어떤 건지 알게 되면서 새롭게 드는 생각이다.

기주는 인기척을 느꼈음에도 돌아보지 않고 음식을 만들었다. 기주의 널찍한 등판이 조리대 앞에 떡 버티고 있다. 아주 능숙한 도마질 소리가 났고 세 개의 화구를 다 쓰며 조리에 열을 올렸다. 내 의지와는 다르게 마음 한쪽이 훈훈해지는 건 뭔지 모르겠다.

"언제 왔어? 어디 갔다 온 거야? 핸드폰은 왜 꺼 놓고? 가면 간다, 오면 온다 얘기를 해야 할 것 아니야?"

"여사님인 줄. 무슨 잔소리가 이리 늘었어? 한 가지만 물어야 하는 거 아니야?"

기주는 여전히 조리대에서 손놀림을 쉬지 않고 말했다.

"손 씻고 와, 밥 먹게."

기주는 등을 보이며 말했다.

교복을 벗고 손을 씻은 뒤, 식탁으로 갔다. 조리대에서 식탁으로 음식을 나르는 기주의 옆얼굴을 보았다. 얼굴에 상처가 나 있다. 기주는 상처 난 얼굴을 보이지 않으려고 자꾸만 고개를 돌렸다.

"뭔데? 누가 이랬어? 그간 어디 가 있었던 거야?"

내가 숨 가쁘게 물어도 기주는 한마디 하지 않고 밥상을 차렸다.

"어디 가서 싸우고 온 거야?"

기주의 얼굴을 더 자세히 들여다보았다. 한두 군데가 아니었다. 목에도 시퍼런 멍 자국이 선명했다. 도대체 무슨 일이 있었던 걸까.

기주는 고개를 떨어뜨려 시선을 피한 뒤 말했다.

"국 식어, 얼른 먹어."

기주는 제 방으로 향했다.

"뭐냐니깐?"

내가 목소리를 높여 말해도 기주는 대꾸 없이 제 방으로 들어갔다.

"같이 먹지이–"

기주의 방 앞까지 가서 말했다.

"……."

방문 너머에서는 훌쩍이는 소리가 났다. 어디 가서 봉변을 당한 건가? 낯선 사람들이 기주를 가운데 두고 폭력을 휘두르는 장면이 그려졌다. 심장이 걷잡을 수 없이 쿵쾅대며 나도 모르게 주먹을 쥐었다. 그랬단 봐라, 내가 가만히 두나.

밥을 먹은 뒤 기주 방으로 향했다. 킁, 세차게 코 푸는 소리가 났다. 노크를 했다.

"밥 먹어."

"으으응."

"나와. 얘기 좀 하게."

방문을 열지 않고 방문 너머의 기주에게 말했다. 기주가 문을 열고 나왔다. 두 눈이 시뻘겋게 충혈되어 있다. 목 아래에도 미처 보지 못했던 멍 자국이 있다.

"무슨 일이야? 누가 이랬냐니깐."

기주의 머리칼을 들추려 하자 기주가 살차게 내 손을 쳐 냈다.

"몰라도 돼."

기주는 여전히 나와 눈이 마주치는 것을 피했다.

"어떤 놈이야? 그 덩치에 맞고만 있었어?"

기주가 나를 보며 눈을 하얗게 흘겨 떴지만 조금 웃는 것도 같았다.

"왜, 때려 주게?"

기주가 힘없이 말했다.

"솔직히 어디 가서 맞고 다닐 비주얼은 아니잖아?"

구급함을 꺼내 연고와 밴드를 건네며 부러 능치는 말을 했다. 기주가 그제야 내 얼굴을 올려다보았다. 웃는 건지 우는 건지 모르는 표정이었지만 기주의 두 눈에는 핑그르르 눈물이 돌았다.

"집에 갔었어."

기주가 무겁게 입을 열었다.

몇 해 만에 집구석이라고 들어가 봤지만 아버지는 여전히 술에 취해 있었다. 몇 년 만에 보는 딸에게 살았는지 죽었는지 궁금하지도 않았나, 어디 가서 무얼 하며 굴러먹다가 들어왔냐며 아버지는 매질부터 시작했다. 너만 잘 살면 그만이냐고, 어딜 가서 이렇게 살이 뒤룩뒤룩 쩌 갖고 왔냐며 때렸다. 엄마는 정신이 나갔는지 내가 맞고 있어도 어떤 반응을 보이지 않았다. 엄마를 때리는 아버지보다 바보처럼 맞는 엄마가 너무 싫어서 집을 나왔는데 몇 해가 지나도 똑같은 모습이 반복되고 있었다. 이런 곳도 집구석이라고 찾아온 내가 등신이라고 가슴을 쳤다. 엄마 상태가 지난 몇 년 전과 비슷한 것으로 보아 아버지는 여전히 죽지 않을 만큼만 때리는 것 같았다.

어렸을 때부터 많이 먹는다고 때리고, 안 먹으면 어디서 무얼 훔쳐 먹었냐고 다그치며 매질을 했다. 훔쳐 먹었냐고 할 때는 눈이 뒤로 넘어갈 정도로 억울했다. 맞는 것보다 더 힘든 건 자식을 도둑으로 모는 아버지였다. 집을 나온 건 아버지를 내 손으로 죽일 것 같아서였다. 술에 진탕 취해 곯아떨어진 아버지 얼굴 위로 베개를 올렸다 내린 적도 있다. 끈으로 목매는 방법을 알아보는 내가 너무 무서웠다. 아버지를 죽인다면 내가 선택할 수 있는 건 스스로 죽는 수밖에 없다고 생각했다. 숨이 쉬어지지 않을 정도로 힘들었다. 살고 싶어서 죽어야겠다는 생각을 했다. 이 모든 것을 피하기 위해서는 집을 나가는 수밖에 없었다. 아버지 얼굴 위로 베개를 올렸을 때 엄마는 제정신이 아니다가도 그 어느 때보다 맑아져 내 팔을 저지했다. 내 눈에서 살기가 쏟아져 나오자, 엄마는 눈을 쓸어내리며 막았다. 엄마의 따뜻한 손이 눈꺼풀에 닿을 때 외려 편안했다. 그냥 이대로 눈을 감고 아무것도 보고 싶지 않았다. 딱 이대로 눈을 감을 수만 있다면. 그러면 모든 게 편안해질 것 같았다. 내 등을 쓸어내리며 속울음을 울던 엄마를 밀치고 집을 뛰쳐나왔다. 무기력하고 무능한 엄마를 보는 게 더 고통이었다.

김이 모락모락 나는 호빵 기계 앞을 떠나지 못하고 바라보는 나를 진 여사님이 발견하고 호빵을 건네면서 먹으라던 게 세상으로부터 받은 제일 처음의 원조였다.

호빵 기계 앞을 빙빙 도는 나에게 하얗고 폭신하게 일어난 호빵을 건네던 할머니의 얼굴과 손길을 잊을 수 없다. 할머니가 건네던 따듯한 눈길. 어떤 아이인가 가늠하던 명민한 그 눈빛을 잊을 수가 없다. 그날 다른 사람한테서는 볼 수 없는 특별한 믿음 같은 게 느껴졌다. 어떤 누구도 함부로 대하지 않을 것 같은 믿음. 역시나 할머니는 매우 특별한 분이었다.

"빵 좋아하니?"

할머니는 아주 상냥하고 부드럽게 물었다. 나는 크게 고개를 끄덕거렸다. 호빵부터 덥석 먹지 않았다. 할머니 손에 들려 있는 장바구니를 뺏어 들었다. 그런 뒤 할머니를 올려다보았다.

"그러렴."

할머니는 경쾌하게 답한 뒤, 이어 말했다.

"받은 값을 할 줄 아는 아이구나."

할머니는 내 눈을 들여다보며 무언가를 읽어 내려는 것 같았다.

할머니와 헤어지고도 대문 앞을 한참이나 떠나지 않았다. 낮은 담장과 정성스럽게 손질된 나무들, 따듯하게 빛나던 정원의 노란 불빛들. 나는 그때까지도 호빵을 입에 대지 않았다. 너무나 귀해서, 너무나 뽀얗고 예뻐서 먹을 수가 없었다.

그 이후 출퇴근하던 아주머니 대신 내가 입주 도우미로 있게 된 것이다.

함부로 긴장을 푸는 일도 하지 않았다. 할머니는 먹여 주고 재워 주면서 월급까지 정확히 계산해 주었다. 엄마의 약값과 병원비 때문에 돈을 모을 수 없었다. 그 돈이 엄마의 병원비로 쓰였을지 아버지의 술값으로 쓰였는지는 모르겠다. 그렇더라도 상관없다. 언젠가는 술이 아버지의 명줄을 끊어 놓을 테니까.

여사님이 돌아가셨을 때 극한의 공포로 다가온 것은 집으로 다시 돌아가야 한다는 생각이었다. 그래서 더 굳세게 붙어 있으려고 연서 네가 나 없이 살 거 같은가를 자꾸만 보여 주고 싶었다. 약한 면을 보여 주면 외려 그 약한 것을 네가 이용해 나를 내칠 것 같아 더욱 살차게 굴었다. 나도 살 궁리를 한 것뿐이다. 할머니를 모시는 동안 한 번도 할머니를 속인 적은 없다. 할머니를 속였다가는 바로 쫓겨나리라는 것을 알았다. 계산이 정확한 사람들은 한 번 신뢰가 깨지면 회복하기 어렵고 그 사람의 마음을 두 번 사기는 더더욱 어렵다는 것을 할머니를 통해 배웠다. 할머니와 제일 처음이자 마지막으로 한 계약은 그거 하나였다. 거짓말하지 말 것. 십 원짜리 한 푼도 속이려고 하지 말 것, 이 계약이 깨질 경우, 그날부로 지옥과 같은 집으로 돌아가는 거였다.

알고 보니 기주는 나와 나이 차도 얼마 나지 않았다. 그동안 나를 보며 얼마나 철딱서니 없다고 생각했을까. 복에 겨워 온갖 투정을 부린다고 생각했겠지. 할머니 그늘 아래 아무 걱정 없이, 그런 할머니의 사랑도 성가시다고 거부하면서 투정 부리는 나를 어떤 눈으로 바라보았을까.

어쩌면 할머니는 기주에게 어렸을 적 당신을 보았는지도 모르겠다. 앞길도 옆길도 다 막힌 것 같은 낭떠러지에서 목화송이 염소를 만난 거처럼 기주에게 할머니가 목화송이 염소 같은 존재가 되기를 바랐을지도 모르겠다. 염소우유를 넣은 빵을 먹고 좋아라 했던 할머니의 첫사랑 같은 존재가 기주에게 나타나기를 누구보다 빌어 줬을지도 모를 일이다. 아니다, 기주에게 할머니가 그런 존재 이상일지도 모르겠다.

그제야 기주의 침대 머리맡에 쓰여 있던, '끝이 없는 일은 없다'라는 말이 무슨 뜻인지 짚어졌다. 죽을 때까지 맞아야 매질을 멈추던 아버지로부터 몸을 피하기 위해 할머니 품은 어디보다 안전했을 것이다. 그런 할머니 아래에 깃들어 오로지 목숨을 부지할 수 있는 방법만을 생각했는지도 모른다. 살아남는 것 그 이상을 생각한다는 건 기주에게 사치였는지도 모르겠다.

기주는 말끝에 이렇게 덧붙였다.

"네가 날 쫓아내도 할 수 없어. 어디 가서든 또 살아지겠지. 그치만 집으로는 절대 돌아가지 않을 거야. 아버지가 죽기 전에는."

낭떠러지 끝에 서 있는 기주가 그려졌다. 그런 기주에게 무슨 말을 덧붙일 수 있을까.

"할머니 돌아가시고 함부로 말한 건 내 진심이 아니야. 솔직히 이렇게 아무것도 남겨 주신 게 없나 싶어 불안해서 그랬던 거야. 그래서 더욱 퇴직금이니 월급이니 타령을 했던 거고, 나를 거둬 준 여사님의 고마움은 꼭 갚을 거야. 너한테든 누구한테든."

머리칼이 어느 정도 자라자, 나는 도저히 언밸런스한 헤어스타일을 참을 수 없었다. 미용실로 향했다. 앞머리가 손쓸 수 없이 지저분

했다. 토요일 오후의 미용실은 손님들로 북적댔다. 모바일로 예약을 해 놓은 터라 내가 들어서자 정 실장이 반갑게 달려왔다.

쇼트커트로 쳐 달라고 하자, 정 실장은 눈을 동그랗게 뜨고 물었다.

"무슨 일 있구나."

그 말에 울컥, 속에서 뭔가가 올라왔다.

"네, 있어요."

눈물이 고이는 걸 애써 참았다. 마음이 약해질까 봐 얼른 이어서 말했다.

"그냥, 잘라 주세요."

"괜찮겠어? 짧은 머리 싫어하잖아."

"그냥 해 주세요. 원래 제 머리칼로 돌아가려면 이 방법밖에 없 어요."

"왜, 굳이?"

"사정이 있어요."

"그전만큼 그렇게 곱슬기가 심한 편은 아니야. 자라면서 곱슬기 가 풀리는 경우도 있어. 매직 파마하는 게 고역이구나. 할머니가 매 직 할 때마다 피부 트러블 때문에 걱정 많이 하셨어. 머리칼도 많이 상하고."

"아뇨, 다 참을 수 있어요. 제 원래 머리칼로 돌아가래요, 할머니가."

"할머니가 왜? 멋쟁이 할머니셨는데."

정 실장의 눈시울이 붉어졌다. 할머니가 돌아가셨다는 소식을 듣 고 한달음에 달려온 사람이다. 나를 잡고 어찌나 울던지. 할머니만큼 팁을 후하게 주는 사람도 없었다며 아쉬운 마음과 눈물의 의미를 털어놓았다.

할머니는 근 이십 년 넘게 한 미용사에게 머리를 맡겼다. 정 실장은 근동에서는 솜씨가 제일 좋은 사람이고, 그렇게 많은 손님과 말을 섞어도 입을 가볍게 놀리는 법이 없는 품위 있는 사람이라고 했다. 할머니 전용 미용사라고 해도 손색이 없을 만큼 할머니 전담이었다. 솜씨가 좋다는 말에는 나도 동의한다. 할머니랑 같은 미용실 다니는 게 좀 싫었지만 어딜 가도 그만큼 매끄럽게 커트 결을 살린다든가 매직 후 케어 방법, 새 뿌리가 나오는 주기까지 일일이 체크해 주는 이는 없었다. 무엇보다 제일 좋은 건 할머니 카드로 자동 결제 할 수 있다는 거다. 용돈을 아껴서 하기에는 파마값이 너무 센 편이다.

지금은 파마를 할 상황도 되지 않는다. 할머니 봉투에는 그야말로 생존 비용만 들어 있다.

짧게 잘랐다. 머리를 자르는 동안 내내 눈을 감고 있었다. 눈 뜨고 볼 용기가 없었다. 딴사람이 된 것처럼 분위기가 달라졌다. 생각보다 그렇게 곱슬거리지 않았다. 자라면서 곱슬기가 풀리는 경우도 있다더니 다행스럽게도 그런 모양이다. 드라이로 조금 손대자, 일부러 파마한 것처럼 웨이브가 자연스러워 보였다.

"와, 생각보다 짧은 머리도 잘 어울리네."

연신 내 머리칼을 누르고 만지며 정 실장이 말했다.

"외려 깔끔하고 시크한 연서의 성격과도 잘 어울리는 것 같다."

머리가 무척 가벼웠다. 보통 매직 파마를 하면 네 시간 정도 걸린다. 거기다 돌아가며 머리칼에 열을 가해야 해서 여러 대의 기계 속에 들어가 있어야 한다. 머릿속이 따끔거리고 붓는 아픔이 찾아와야 간신히 끝날 시간이 된 거다. 엉덩이가 짓무를 것 같은 고통을 견뎌야 한다. 거기다 피부 트러블이 가라앉지 않아 먹는 약의 양을 점점 늘려야 했다. 주말 시간을 온전히 다 써야지만 파마를 할 수 있다. 앞으로는 그럴 일도 없겠다는 생각이 들었다. 약 부작용으로 피부 발진도 없어질 테고. 좋은 것만 생각해 보자고 달래며 애쓰는 중이다. 거기다 할머니 유언 봉투를 열어 볼 기회를 만들어야 하니 어쩔 수 없잖아, 안 그럼 다음 열쇠를 받을 수 없으니.

머리를 자르고 미용실을 나오는데 어디선가 할머니의 목소리가 들리는 듯했다.

"어이, 우리 똥강아지, 1년 중 눈비 오는 날이 몇 번이나 되는 줄 알아? 아마 깜짝 놀랄걸."

"왜 또? 무슨 잔소리를 하시려고?"

지난봄 연일 비 오던 날, 창밖을 보며 하늘이 무너져라 한숨을 쉬는 내게 할머니가 말을 걸었다.

"잔소리 아니다, 니들 쓰는 말로 팩토인지 패뜨를 말해 주려고 그러는 거다."

"하하하, 할머니, 팩트. 한 50번은 되려나?"

"땡, 미안하지만 틀렸다. 비 오는 날은 150번 이상이고, 거기다 눈 오는 날까지 보태면 거진 200일 가까이 된다더라. 1년 중 반 이상이 눈비 오는 날이라는 게 놀랍지 않냐? 그래서 말인데, 그때마다 이렇게 히스테리를 부리며 살면 인생 반이 히스테리만 부리다 가는 거 아니겠니? 안 그래도 눈만 뜨면 문제가 산더미처럼 밀려오는 게 인생인데, 하늘이 하는 건 뭐가 됐든 감사하다 생각하고 사는 게 상책이더라, 비도 눈도 바람도. 그 곱슬머리가 을마나 이쁜데, 그거 때문에 그러는 거 같아서 할미 마음이 항상 안 좋았다. 할미한테는 그 곱슬머리가 너무나 그립고 소중한 건데 말이지……."

힘없이 말끝을 흐리며 자리를 뜨던 할머니 등이 떠올랐다. 누군가를 사랑하고 누군가를 끝내 그리워하는 뒷모습은 저런 것일까. 그때의 시간이 고스란히 되살아났다.

지금 생각해 보니 할머니의 사랑은 평생 진행형인 셈이다. 한 번도 할아버지를 잊은 적도 떠난 적도 없는 거다. 그 흔적과 같은 모습을 내게서 발견하고 그걸 그대로 받아들이고 사랑해 주길 원했던 거다.

앞을 똑바로 보며 걸었다. 짧아진 머리를 의식하니 외려 고개가 들렸다. 시간은 흐를 것이고, 머리카락은 자랄 것이다, 견디는 수밖에 없다, 시간이 해결해 줄 수 있는 일이다, 이 시간이 지나면 지금과는 다른 스타일이 되어 있을 것이다, 등등 말이 되는지, 되지 않는지도 모를 소리를 되뇌며 걸었다.

걷는 내내 행여 아는 얼굴이라도 마주칠까, 마음 졸였다. 학원가를 지날 때는 나도 모르게 걸음을 재촉하며 걸었다. 모퉁이를 돌아 대로변으로 들어서자 바람이 거셌다. 짧게 구불거리는 머리칼이 제멋대로 춤추겠다는 생각이 들어 머리칼을 두 손으로 누르며 고개를 숙였다.

할머니랑 여행 중에 만났던 어떤 아주머니 헤어스타일이 떠올랐다. 그러고 보니 그때 보았던 아주머니 헤어스타일로 인해 할머니와 나는 정반대의 생각으로 각자 행동했다는 것을 알았다. 아주머니 모습을 본 순간 숨이 컥, 막혔다. 어떻게 저러고 다니지? 하는 생각이 들 정도로 곱슬거리는 머리칼이 제멋대로 부풀어 하늘로 둥둥 떠올랐다. 부러 연출한 것이면 모를까, 일상 중에는 보기 드물 만큼 인상적인 스타일이었다. 보는 사람이 민망해 눈길을 돌릴 정도였다. 아주머니는 그런 남의 시선은 아랑곳하지 않았다. 부푼 머리칼 높이만큼 밝아 보였다. 놀라움과 민망함은 보는 자의 몫이었다. 그때 일행 중 한 명이 헤어스타일에 대해 물었다. 아주머니는 물어 줘서 고맙다는 기색으로 답했다.

"남들의 시선으로부터 자유롭고 싶었어요. 한동안 밖에도 못 나올 만큼 대인 기피증이 심해 최후로 내린 처방이에요. 지금은 못 할 게 없다는 생각이 들 정도로 많이 좋아졌어요."

그때 할머니의 눈빛은 반짝 빛났고, 나는 매직 파마를 더 열심히 하겠다고 결심한 날이었다.

저녁 준비를 하다 돌아선 기주는 나를 보자 얼음이 되었다. 벌린 입을 다물지 못했다.

"왜? 왜? 머, 뭔 일이야?"

"할머니 카드가 없잖아."

나는 아무렇지 않은 척 머리를 흔들며 말했다.

"응? 도, 돈이 없다고?"

"응 없어. 잘라서 팔았다."

"뭐라고?"

기주의 눈에 금세 눈물이 고였다.

순진한 거야 뭐야. 기주의 눈을 못 본 척했다. 기주가 냉장고 앞에서 뭔가를 꺼내려다가 멈칫하더니 뒤돌아서며 물었다.

"뭐 먹고 싶어?"

"아무거나."

내가 심드렁하게 답했다.

"조금만 기다려, 내가 정말 기차게 맛있는 거 해 줄게."

말없이 바라보자 기주가 뒤이어 말했다.

"근데 짧은 머리도 괜찮네. 잘 어울려."

어울린다는 말에 공연히 기분이 더 나빴다. 방문을 쾅 닫고 들어갔다. 기주가 밥 먹으라고 깨울 때까지 잤다.

사랑의 확신

머리를 감고 말리지 않은 채 변호사 사무실로 향했다. 김문에게
확실히 보여 주기 위해서이다. 일요일이어도 상관없으니 언제든 오라
고 했다. 순전히 마음 급한 상속자를 위한 배려라고 했다. 아무것도
손대지 않고 있는 그대로의 내 머리칼로 거리를 걸었다. 귀 뒤와 목
덜미에 바람이 닿는 게 나쁘지 않았다. 아무도 나를 쳐다보거나 이
상하게 여기는 사람은 없다. 할머니가 내 머리칼로 돌아가라는 건,
남들의 시선으로부터 자유롭기를, 내 모습 그대로를 받아들이라는
말인 줄은 알겠다. 굳이 이렇게 하지 않아도 나는 충분히 용기 있고
나 자신을 사랑한다고 생각하는데 할머니 눈에는 그렇게 보이지 않
은 모양이다.

막상 해 보니 생각보다 그렇게 큰 용기가 필요한 건 아니다. 비교
당하는 것을 극도로 싫어하면서 정작 남의 시선을 의식하며 산 것은
나였다. 나를 웅크리게 하는 맨 처음은 나라는 생각이 들었다.

부모 없는 것도 모자라 하늘 아래 달랑 혼자 남겨진 것이 나에게

어떤 그늘이 될지 할머니는 알고 있었던 거다. 그래서 더욱 나답게 나서라고 한 것 같았다. 나 이래,라고 타인에게 보여 주는 순간 더 이상 숨기고 싶은 게 아니라는 것, 그것은 이제 나를 옭아매는 것이 될 수 없다는 것이다. 자신의 약한 부분을 드러낼 때 비로소 극복되는 것이라는 걸 알 수 있다. 자유로움은 타인의 시선을 넘어서 스스로가 획득하는 것. 머리칼 하나 잘랐을 뿐인데 신기하게도 생각이 너무 많아졌다.

거리로 나서기 전, 꼭 이렇게까지 해야 하나, 하는 생각을 떨치지 못했는데 오늘 아침 정리했다. 머리칼은 이미 잘려 나갔다, 그건 변할 수 없는 거다, 중요한 건 따로 있다,라고.

김문은 내가 누군지, 바로 알아보지 못하는 눈치였다. 고개를 갸웃하며 내 헤어스타일을 감상하는 시늉을 했다.

"평가하지 마세요."

김문이 입을 떼려는 순간 입을 막고 싶었다.

"푸하하하."

"뭐예요? 그 웃음의 의미는?"

"먼저 선수 치는 게 웃겨서, 하하하."

"……."

"평가하고 싶어서 입이 근질근질한데? 잘 어울려, 괜찮아. 좋은데?"

"됐거든요."

"와오, 진짜 이렇게 분위기가 달라지다니. 좀 덜 사나워 보인다."

"제가 그렇게 사나왔나요?"

"완전."

김문이 고개를 끄덕이며 뒤이어 말했다.

"뭔가 중요한 걸 타협하고 나타난 느낌? 하하하."

"그만하시죠, 타협한 건 아무것도 없어요."

"본인은 본인이 얼마나 달라졌는지 모르는 법."

김문과는 어느새 가까운 사이가 된 것 같았다. 할머니가 장학금을 줬다는 말에 친근감이 든 건 사실이다. 할머니가 손주처럼 뒷바라지해 준 거나 다름없기 때문이다. 기주를 알아본 것처럼 김문도 알아보았겠지. 할머니 안목에 대한 나의 믿음 때문에 경계심이 풀리기도 했다.

"진짜 이렇게 빨리 변신해서 올 줄은 몰랐다. 생각보다 아주 성질이 급해. 맘에 들어. 추진력 짱."

혼자 북 치고 장구 치고, 내가 댁의 마음에 들어서 뭐 하게요, 하는 말이 혀끝에 맴돌았지만 기분이 나쁘지는 않았다.

"이제 뭘 하면 되죠?"

"자, 미션 수행을 했으니. 다음 봉투를 열어 봐야겠네."

김문은 서랍 속에서 또 하나의 봉투를 꺼냈다. 테이프로 봉해져 있는 봉투에는 봉인 도장까지 찍혀 있다. 누구도 열어 봐서도 안 되고 함부로 열어 볼 수도 없게 만들어 놓았다. 김문도 앞으로 몇 개의 봉투가 더 있는지 알 수가 없단다. 대봉투 안에 작은 봉투가 여러 개 들어 있는데 그 대봉투도 역시 상속자가 뜯어볼 수 있게 되어 있다.

비가 와도 눈이 와도 두려워하지 말거라. 그 비도, 그 눈도 언젠가는 그친단다. 비가 오고 바람이 불어야 싹이 트고 나무가 자라서 꽃이 피는 법이란다. 혹독한 겨울을 잘 견디면 그다음 해에 건강하게 살아갈 힘이 생기는 법이지. 눈비는 그런 거란다. 두려워하지 말거라. 너의 그대로를 믿고 나가면 된다. 그 힘을 믿어라. 어떤 바람이 불어와도 끄떡없단다. 네 속에는 그런 힘이 있단다.

할머니는 죽음 이후에도 나를 사랑하기 위해 얼마나 큰 그림을 그린 것일까. 나를 키우는 동안 얼마나 살피고 고민한 것일까. 나조차도 알 수 없는 부분까지 할머니는 알고 있었다.

봉투 안에는 역시 일정액의 생활비와 편지 두 장이 들어 있다. 지난번에 중간고사 운운하며 추가했다던 편지인 모양이다. 편지 속에 어떤 미션이 들어 있을지 더럭 겁이 났다. 다음 편지를 읽어 내려가다가 난 사색이 되었다. 그럼 그렇지, 절대로 공짜일 리가 없다.

성적이 애매하지 않니? 딱 중간. 일부러 하라고 해도 그렇게는 못 할 것 같더라. 마치 시위하는 거처럼 어쩜 그렇게 일관되게 중간인지 원, 딱 5등만 올려서 오거라.

온 힘을 다해 산봉우리를 올랐는데 끝이 아니라 더 험한 난관이 시작된다고 예고하는 것 같았다. 힘이 쭉 빠졌다. 더군다나 성적 앞에서는 크게 할 말이 없기 때문에 더욱 무력해졌다.

김문에게 성적표를 공개하란 얘기이다. 그리고 목표치만큼 올리지 못하면 다음 달 생활비 봉투는 열 수 없는 것이다. 그다음 미션도 뻔하다. 성적을 더 올려 오라고 하겠지. 김문을 장학금으로 길들였듯, 그렇게 해서 변호사로 만들었듯 내게도 그 비슷한 훈련이 통할 거라고 생각한 모양이다.

"성적이 오르지 않으면, 하교 후 우리 사무실로 올 것. 내가 직접 과외한다. 바닥부터 기어 탑에 오르는 방법을 나만큼 아는 사람도 없다. 더군다나 넌 중간이잖니, 중간이면 다 온 거다. 봉투를 열어 볼 수 있을 정도면 되니 간단할 것 같은데."

이 아저씨가 요즘 현실을 모르는 소리만 하시네. 한 등급 올리는 게 어떤 건지, 다들 열심히 하는 통에 거기다 가장 밀집된 중간층들은 더욱 경쟁이 심한 걸 모르시는 모양이다. 이건 완전 불가능한 일을 내게 주문한 거나 마찬가지이다.

"그냥, 열어 보게 해 주심 안 돼요?"

"제가 감옥 갑니다. 유언대로 처리 안 하면."

말을 말자. 터벅터벅 사무실을 나와 집 쪽으로 걸었다. 타고난 머리칼로 원상 복귀 하라는 건 아무것도 아닌 거다. 바람에 머리칼이 더욱 엉망으로 나부끼는 것 같았다.

비가 오려는지 바람 속에서 축축하게 비 냄새가 풍겼다. 짜증이 올라왔다. 짧아진 머리칼을 손으로 쓸어 보았다. 머리칼은 더욱 고부라들었다.

학원가로 들어섰다. 헉, 저만치 하경이가 걸어오는 게 보였다. 하필 이 타이밍에. 짧은 머리로 아직 학교에 가지 않았기 때문에 공개되지 않았다. 나도 모르게 나무 뒤로 몸을 숨겼다. 머리도 손대지 않은 터라 엉망일 텐데. 에이, 설마 알아보겠어? 못 알아볼 거야. 플라타너스가 내 몸을 완전히 가려 주길, 하경이가 그냥 지나쳐 주길 바랐다. 남들의 시선으로부터 자유롭기는 아직 이른 모양이다. 혹시라도 아는 얼굴을 만날까 봐 조마조마했는데 하필이면 하경이라니.

"어머, 어머, 어머머, 혹시, 설마 주, 주연서 아니니?"

온 동네가 다 알도록 호들갑이다. 머리칼을 양손으로 누르며 나무 기둥에 머리를 박자, 하경이는 더욱 밀고 들어와 나무로부터 나를 떼어 내느라 안간힘을 썼다. 못돼 처먹은 건 여전했다.

"와오, 머리 자르고 파마했다더니, 너 정말이구나. 깡은 진짜 알아 줘야 해."

머리는 어제 토요일에 잘라서 아는 아이들이 없을 텐데, 벌써 소문이 돌았다는 얘기이다. 나무를 붙들고 버티다가, 죄지은 것도 아니고 굳이 이렇게까지 피할 일이 뭐가 있어? 하는 생각이 들었다.

"파마한 거 아니거든."

나는 머리칼을 애써 누르며 눈을 하얗게 흘겼다.

"웬일이니? 호호호. 근데 괜찮은데. 너 어디서 파마했어?"

하여간 단순하기는, 며칠 전 치열했던 신경전 같은 건 까맣게 잊은 듯 짧아진 머리칼만 신경 썼다.

"야, 파마 아니라고 했잖아."

"됐어, 어디서 했냐고?"

"미친다, 내가."

"학교에서 가만히 안 둘걸."

"뭐 말이 먹혀야 말을 하지."

하경이를 밀치고 길거리로 나섰다. 재수 없는 건 이하경 너지, 내가 아니라고 중얼거리며 걸었다. 그때 뒤통수에서 하경이 목소리가 날아왔다.

"순빈이 만났다. 찾아와서 사과하더라. 머플러, 연서 네 잘못 아니라고."

발길을 멈추고 하경이 목소리에 귀를 기울였다. 하경이는 뒤이어 말했다.

"근데, 뭐 하나만 물어보자. 너희 둘 사귀냐?"

그 말에 휙 돌아서 하경이를 정면으로 바라보고 소리쳤다.

"아우, 속 터진다. 뭘 사귀어? 순빈이랑? 걔 내 스타일 아니다, 됐냐?"

"너, 그거 진짜지? 순빈이 딱 내 스타일이거든."

"그러세요, 그럼. 댁 스타일대로 사귀든가 말든가 하세요."

하경이가 터벅터벅 내 앞으로 다가왔다.

"근데 순빈이가 문제야. 순빈이 좀 설득해 주면 안 되겠니?"

"야, 사귀고 말고가 설득으로 될 문제는 아니지 않니?"

"아이고, 여전히 바른말은 일등이셔- 언제나."

"내 말이 맞잖아, 그게 말이 된다고 생각하니?"

"내 말은 주연서 네 맘을 확실하게 순빈이에게 얘기하라는 말이야."

"뭘?"

"순빈이는 니 스타일 아니라는 말을 하라고."

"야, 그걸 굳이 얘기해야 아냐?"

"어, 순빈이 걔는 그래 줘야 할 거 같아."

"……."

"사과를 받아도 나를 위한 사과가 아닌 거 같더라. 너희 집에 놀러 가면 순빈이 자연스럽게 만날 수 있는 거 아니니?"

소름이 쪽 돋았다. 지유가 말했던 집요함과 집착이라는 단어가 떠올랐다. 엮이고 싶지 않았다.

"안 돼. 그리고 나 혼자 사는 집 아니야. 친척 언니가 와 있어. 당분간 같이 살 거야. 그리고 그 언니 성질 되게 드러워."

"연서야아-"

그 순간 어디선가 기주의 목소리가 들렸다. 환청까지 들리나 싶어 주위를 두리번거렸다. 기주가 저만치서 뛰어왔다. 타이밍 한번 죽이는 날이다.

"어, 언니이-"

내가 반색을 하며 기주를 불렀다.

"왜 이래? 왜 이리 친한 척을 하고 그래?"

기주가 헉헉거리며 다가와 내 귀에 대고 물었다. 눈치 빠른 건 알

아주어야 한다. 기주는 하경이를 단번에 경계했다. 낌새가 좋지 않다는 것을 내가 언니이,라고 부르는 순간 알아챘을 것이다.

"연서 친구니?"

기주가 싸움닭처럼 하경이 앞으로 나서며 물었다.

하경이는 주춤 물러섰다. 기주의 막무가내 태도에 눌린 모양이다.

"네? 네."

하경이가 얼결에 답하자, 기주는 하경이의 어깨 위에 다리통 같은 팔뚝을 올렸다. 하경이의 한쪽 어깨가 휘청 내려앉았다.

"우, 우리 친척 언니."

기주를 잡아끌며 하경이에게 말했다.

"뭐야, 여기 왜 이러고 있는 거야?"

나와 하경이를 번갈아 보며 기주가 큰 소리로 물었다.

"아냐, 가, 가자고."

"말해, 뭐냐고?"

"됐어. 오버 떨지 말고 제발."

비가 후둑후둑 떨어지기 시작했다. 빗방울이 제법 굵었다. 하경이와 얼결에 거리를 두고 멀어지자 기주는 장바구니를 이고 뛰었다. 몸이 제법 빨랐다.

하경이가 비를 맞으며 가로수 아래 서 있다. 뭔가 할 말이 있는 듯 보였다. 나는 그런 하경이를 뒤로하고 천천히 걸었다. 그래도 될 것 같았다. 기주가 뒤돌아 나를 살피다 어쩐 일이냐는 듯 멈춰서 되돌아왔다.

"웬일이야? 비를 다 맞고? 내가 얼른 가서 우산 가져올게."

"됐어."

"웬일? 사람이 너무 많이 변하면 못쓴다 너."

기주가 비를 피하자며 편의점 포치 아래로 잡아끌었다.

"누구야?"

하경이가 마음에 걸렸는지 기주가 집요하게 물었다.

"별로 가깝게 지내고 싶지 않은 애야."

"그래?"

기주는 내 얼굴을 훑어보며 말했다.

"네가 꼼짝 못 하는 애도 있니?"

기주는 고소하다는 듯 웃기까지 했다.

"꼼짝 못 하긴 누가 꼼짝 못 한다고 그래?"

나는 또 발칵 성을 냈다.

"말만 해."

기주는 두 팔을 걷어붙이며 당장이라도 어떻게 할 것처럼 말했다.

"오버 떨지 말라고 쫌."

"머리를 어떻게 하지도 않고 다니는 거야? 드라이라도 하고 나오지."

정작 나는 머리칼을 신경 쓰지 않는데 보는 사람들이 더 예민하게 굴었다.

"그렇게 됐어."

"의외다, 생각보다 털털한가버. 난 더 좋아 보인다. 이제 주연서 나는 거칠 것이 없다, 뭐 그런 선언처럼 보이기도 하고."

제법이다. 침대 머리맡에 '끝이 없는 일은 없다'라는 문구를 적어
놓고 시간을 견딘 기주가 새삼스럽게 다시 보였다. 기주와 눈이 마주
쳤다. 나는 고개를 돌렸다. 빗줄기가 좀 가늘어졌나? 하늘을 올려다
보았다.

"저녁 메뉴는 뭐야?"

쏟아지는 비를 피해 뛰어다니는 사람들을 보며 물었다.

"불 맛 입힌 주꾸미볶음에 달달한 고르곤졸라피자."

입맛이 확 돌았다.

성적은 쉽게 오르는 게 아니다. 할머니가 처음부터 너무 무리한
걸 요구했다. 난 김문처럼 머리가 뛰어나지도 않다. 오늘부터 김문
사무실에 들러야 한다. 부족한 부분이 무엇인지 알아야 성적을 올릴
수 있다고 했다. 김문도 할머니의 유언을 기한 내에 빨리 처리해야
한다고 했다. 안 그러면 최종 목적지에 있는 것은 기부 처리 될지도
모른다고 했다. 할머니는 그렇게 처리하고도 남을 거라고 했다. 내가
중도에 포기하거나 떼를 쓰면 나머지 유산은 모두 지금과는 다르게
처리한다고 되어 있다. 유산 처리에 플랜B가 있는 것이다. 피가 바짝
바짝 타들어 가는 것 같았다.

성적을 유언장대로 올리지 않으면 다음 달 생활비 봉투는 뜯어
볼 수가 없다. 그러니까 미션 성공 여부는 여전히 생존이 걸린 문제
이다. 내가 성공을 못 할 시에는 내 의지와는 무관하게 할 수 있도록

조력 장치도 해 놓았다. 바로 김문이다. 김문도 기꺼이 수락했다. 그러니 이중 삼중으로 할머니는 나를 관리하고 있는 거다. 생각할수록 참 대단하신 분이다. 이쯤 되면 참 무섭도록 집요하다는 표현이 맞는 거다. 내가 알던 할머니가 절대로 아니다. 어느 정도는 그럴 수 있다고 각오했지만 봉투를 뜯어볼수록 놀라움의 연속이다.

김문에게 물었다.

"솔직히 이거 누구 설계예요?"

"뭐 설계? 하여간 영화가 애들을 이상하게 물들여요. 사기 작전인 줄 아냐? 설계가 있게?"

"그렇잖아요, 너무나 꼼꼼하게 이중 삼중으로 철벽을 쳐 놓았잖아요."

"할머니는 가장 안전하게 당신의 유산을 상속해 주고 싶었고 할머니의 유산이 연서 너를 망치지 않는 방법을 생각하신 것 같다. 내가 아는 한 설계는 100퍼센트 할머니 작품이야. 편지 내용 보면 모르냐? 너만이 아는 사인이잖아."

1도 부정할 수 없는 말이다. 짤막한 편지 속에는 할머니와 나만이 아는 사인으로 가득했다. 할머니가 정말로 상속하고 싶은 건 무엇이었을까.

운동장을 가로질러 교문으로 향할 때 하경이가 불렀다.

"야, 주연서―"

하경이다. 지난 일요일, 거리에서 맞닥뜨린 이후 처음이다.

"웬일로 혼자야?"

하경이 뒤에는 아무도 없다. 하경이는 순빈이에게 자신의 마음을 고백한 이후, 몰려다니지 않는다. 아니 몰려다니지 않으려고 노력하는 것 같다. 그렇게 몰려다니며 네 본모습 보는 걸 자꾸 미루지 말라는 말을 순빈이가 했다는 것이다. 생각보다 쓸데없는 오해도 많이 받을 수 있다고 했단다. 하경이는 거기서 순빈이의 진심이 느껴졌다나 뭐라나. 순빈이가 머플러에 얽힌 얘기를 상세히 해 주며 오해하지 말라고 했다는 것이다. 그 말을 듣는 순간 오랫동안 꼬여 있던 마음이 풀렸다고 했다. 덕분에 솔직해질 수 있었다고 털어놓았다. 사실은 지유가 머플러를 뜬 것이고, 지유가 순빈이에게 관심이 있는 것을 눈치채고 경쟁자를 하나라도 막아 보자는 심산으로 좀 못되게 굴었다고 했다. 적당한 때가 되면 지유에게도 사과할 거라고 했다.

"한 가지 풀리지 않는 게 있어."

하경이가 발걸음을 멈추며 말했다.

"뭔데?"

"넌 그다지 친한 애들도 없는데 혼자처럼 보이지 않고, 뭔가 주변은 네 위주로 돌아가는 것 같고. 반면에 나는 여럿이 몰려다녀도 혼자인 것 같고. 그래서 너를 더 재수 없게 본 것도 있어. 너랑 뭐가 달라?"

하경이가 발끝으로 운동장의 모래를 톡톡 차며 말했다.

"내 위주는 무슨……."

나는 그렇게 생각한 적이 없다. 외려 세상은 내 편이 아니라고 생각했다.

완벽해 보이는 것 같지만 누구에게나 구멍이 있다. 나는 하경이가 뭐가 부족해서 저러나 싶을 때가 많았다.

"순빈이도 니 주위만 돌고 있고."

"같은 동네 살고 할머니끼리 친구라서 그래."

"머플러에 대한 오해도 나를 위해서가 아니라 너를 위해서 나선 걸 내가 모를 줄 아냐? 지유도 은근 너한테 관심 있는 것 같고."

"그래? 몰랐네. 넌 어떻게 그렇게 잘 알아? 뭐든 다 차지해야 직성이 풀리는 네 욕심 때문에 그렇게 보는 거 아니야?"

"됐다. 또 재수 없어지려고 한다. 관두자."

하경이는 쌩하니 걸음을 재촉하며 앞서 걸었다.

우리는 각자 자기 자신을 너무 과소평가하고 있다는 생각이 들었다. 숨겨진 에너지나 가능성의 폭을 너무 좁게 보는 건 아닌가 싶었다. 내가 갖고 있는 것을 발견하고 찾아내기보다 남이 갖고 있는 것을 부러워하는 게 더 많았다. 하경이 엄마 아빠가 학부모회나 학교 운영 위원으로 나서서 열성인 걸 내가 밉살스럽게 본 것처럼 말이다.

아무튼 속을 알 수 없는 아이는 순빈이다. 하경이는 순정이라도 있지. 오순빈, 얘는 도대체 알 수가 없다. 순빈이와 이런저런 얘기를 나누었다는 하경이 말을 듣자 왠지 모르게 서운함이 밀려왔다. 하경이에게 사과하라고 순빈이를 다그칠 때와는 다르게 기분이 묘했다. 순빈이의 순정을 기대했던 내가 좀 웃기기도 했다. 여전히 내 스타일은 아니지만 순빈이의 눈길이 다른 데로 가는 것 같아 못내 서운했다.

　순빈이의 태도가 달라진 건, 그날 김문과 떡볶이집에서 마주친 이후인 것 같다. 내가 김문에게 불려 가 수학 과외를 받은 후 분식집에서 즉석 떡볶이를 자글자글 끓여 먹으며 할머니에 대한 얘기를 나눌 때 순빈이와 마주친 적이 있다. 순빈이 눈에는 아주 특별한 사이처럼 보인 모양이다. 상상력 수준하고는.

　며칠이 지나 순빈이에게 톡이 왔다. 한동안 학교에서 마주쳐도 본체만체하더니만.

　- 김문 말이야.

　- 응?

　- 그 사람이랑 무슨 일을 벌이고 있는 거야? 그렇게 사적으로 만나도 되는 사람이니?

　- 알 거 없대도.

　- 넌 사람 마음을 진짜 몰라.

　- 뭘 몰라? 너야말로 웃기는 거 아니니?

　- ???

　- 집 앞 공원으로 나와.

　아무래도 얼굴을 보고 얘기하는 게 나을 것 같았다.

　- 왜 또? 얼굴에 뭘 또 집어 던지려고?

　- 아무튼, 나와.

　공원 벤치에 앉아 하늘을 올려다보았다. 순빈이가 슬리퍼를 끌고 반바지 차림으로 나왔다. 아직은 바람이 습하지 않았다.

"그럼 너는? 네 맘은 뭔데?"

순빈이 얼굴을 보고 다짜고짜 말했다. 어쩌자고 이런 말을 하는지도 모르게 튀어나왔다. 순빈이도 놀랐는지 멈칫하며 말했다.

"그럼, 네 맘은?"

순빈이가 떨리는 목소리로 물었다.

"그, 그냥 친구지, 할머니가 얘기한 좋은 친구. 네가 내 친구라 우리 할머니가 좋다고 하셨다며."

"그뿐이야?"

"뭐래? 뭘 더 듣고 싶은데?"

"……."

"나도 너 좋은 애라고 생각해. 우리 할머니 눈이 틀리지 않았다고 봐."

"넌, 할머니 돌아가시고 나서야 할머니, 할머니, 우리 할머니 그러는 건 알고 있냐?"

"인정, 맞아. 그렇게 됐어."

"보기 싫진 않아. 할머니 살아 계셨을 때 네가 할머니한테 하는 것보다는 훨씬 보기 좋아."

"됐고. 이번엔 잘해라, 하경이한테 잘못 걸리면 그때는 너나 나나 아작 날 거다. 걔 그러고도 남을 것 같던데."

"그렇게 나쁜 애는 아니야."

"헐, 편까지 들어?"

"야, 네 헤어스타일이 유행인가 봐. 지유도 머리 잘랐더라."

"헉, 너, 지유도 만났니?"

"학원에서 잠깐 보며 음료수 한 캔 했다."

"헐, 오순빈 너 많이 변했다."

"변한 게 아니라 잘 크고 있는 거지."

"하하하, 하여간 복 터지셨어, 오순빈 씨."

"야, 그게 복 터진 거냐? 재앙이지."

"김문은 할머니 유산 문제 때문에 정리할 게 있어서 당분간 봐야
돼."

도저히 성적표 운운하고 싶지는 않았다. 사실 틀린 말도 아니거
니와.

"짐작은 하고 있었어. 내가 뭐 내 일 아닌 거에 오버해서 나서고
싶진 않은데, 엊그제 분식집에 있는 모습 볼 때는 그게 아니더라."

"뭐? 질투? 하하하."

놀려 먹는 재미가 쏠쏠했다.

"아니거든."

"그럼 뭔데? 하하하."

나도 순빈이에 대한 감정이 어떤 건지 잘 모르겠다. 하경이나 지
유와 만났다는 말에 나도 모르게 불쑥 일어나는 감정 때문에 좀 혼
란스러웠다.

교문에 들어서는데 지유가 뒤따라오며 말했다.

"고마워."

"뭘?"

"비밀 지켜 줘서."

이미 다 알고 있는 사실인데 무슨 비밀을 지켰다는 건지 모르겠다. 내가 말없이 지유를 보았다.

"하경이에게도 순빈이에게도 아무 말 하지 않아서."

"그건 네가 해야 할 일이잖아."

"그니까. 덕분에 하경이에게 직접 사과도 받았고, 순빈이가 아는 체도 해 주고."

지유는 짧게 커트한 머리를 귀 뒤로 넘겨 더욱 단정해 보였다. 지유의 눈빛이 달라 보였다. 어제 아침 조례 시간에 담임 샘은 나와 지유의 짧아진 머리를 보며 공부하려고 맘잡은 거처럼 보여, 좋다고 했다.

"지유야, 널 존중하지 않는 애는 만나지 마. 나도 그거 하나만은 지켜 가려고."

지유가 무슨 말이냐는 눈빛으로 나를 물끄러미 바라보았다.

"진짜 깡은 남한테 보여 주기 위해 나오는 게 아니라, 스스로를 존중하면 저절로 뿜어져 나오는 거라고 하더라. 돌아가신 우리 할머니가."

"그래, 그런 거 같아. 지난번에도 너희 할머니 얘기 했잖아?"

"……."

지유가 또 무슨 말을 하려는지 몰라 말없이 다음 말을 기다렸다.

"그날 집으로 가면서 늘 엄마를 혼내는 우리 할머니를 생각해 봤어. 아빠와 할머니 앞이면 주눅 들어 눈치 보느라 아무것도 하지 못하는 우리 엄마가 떠올랐어. 내가 엄마의 모습을 그대로 복사하고 있는 건 아닌가 하는 생각이 들었어."

"아, 복사…… 무섭다."

"그래, 나도 무섭더라."

지유와 얘기를 나눌수록 발견되는 지점이 있어서 좋았다.

"그 순간 나도 뭔가 달라지고 싶었어. 그래서 미용실로."

지유가 머리를 귀 뒤로 넘기며 말했다.

"하경이도 오늘 머리 자르러 간대."

지유가 표정을 밝게 바꾸며 말했다.

헐.

학교 현관문에 비친 짧은 머리칼을 새삼스럽게 들여다보았다. 그렇게 나빠 보이지 않았다. 어울린다는 말을 믿어 보기로 했다.

아무래도 5등은 무리였다. 주요 과목 중 하나라도 등급의 변화가 있으면 봉투를 열어 볼 수 있게 한다고 김문이 미션의 수위를 낮춰 주었다.

이번에도 두 장의 편지가 들어 있다. 한 장은 기주에게, 한 장은 나에게.

이제껏 기주가 연서 네 곁에 남아 있다면 이 편지를 전해 주렴.

기주야, 넌 솜씨가 좋으니 밥집을 해도 빵집을 해도 잘될 거다. 그동안 고마웠다. 네가 해 준 그 다양한 밥과 파스타와 스테이크는 정말 환상이었다. 이번에는 빵에 도전해 보렴. 염소우유를 넣은 빵을 만들어 주렴. 네가 원한다면 산양유는 무한대로 공급해 줄 수 있단다.

기주는 할머니 유언장을 보더니 가슴에 품고 꺽꺽 울었다. 누가 손녀인지 모를 판이다. 저렇게 감동하다니. 사람은 자신을 인정해 주는 자를 위해 목숨을 바친다고 했던가. 기주는 마치 할머니의 유언을 위해 평생을 바칠 것처럼 유언장을 보고 또 보았다.

내게는 성적을 올리는 거 외에 한 가지 미션이 더 붙었다.

연서야, 네가 가장 많이 사랑 받은 증거를 찾아봐.

무슨 말인지 통 모르겠다는 표정으로 김문을 보았다. 김문은 한참 동안 할머니의 짤막한 편지를 들여다본 뒤 말했다.

"이것을 거꾸로 뒤집어 말하면 너를 가장 많이 사랑해 준 증거라는 뜻 아닐까?"

내가 더 모르겠다는 표정으로 김문을 보았다. 김문은 골똘히 생각에 잠겼다.

"증거, 증거라."

김문은 혼잣말처럼 중얼거렸다.

"나한텐 할머니밖에 없었으니 할머니일 수밖에 없잖아요."

"확신해?"

김문의 되물음에 가슴이 쿵 내려앉았다. 한 번도 믿어 의심치 않았다.

"아."

그거였다. 나도 모르게 신음이 흘러나왔다. 할머니가 내게 말하려는 건, '넌 충분히 사랑받았다.'는 믿음을 주고 싶은 거였다. 할머니는 그걸 자꾸 확인시키려는 것 같았다. 하경이나 지유가 말한, 내게서 느껴지는 힘은 결국 내가 받은 사랑의 확신 때문이었다. 할아버지가 목숨 줄을 연장하며 할머니께 주었던 사랑, 할머니의 모든 것을 버리고서라도 지켜 냈던 엄마에 대한 사랑, 온몸의 뼈가 부서지는 사고 속에서 나를 살렸던 엄마 아빠의 사랑, 그 사랑의 확신. 확신이란, 굳게 믿는 것, 그래서 흔들리지 않는 것. 그 힘으로 어디든 자신 있게 나설 수 있게 하는 것, 사랑을 의심하는 일 따위에 에너지를 쓰지 않고 세상 밖으로 나아가는 데에 온 힘을 쏟을 수 있도록 하는 것.

소름이 돋았다. 그제야 할머니의 말을 알아들은 듯 온몸의 세포가 깨어 일어서는 것 같았다.

돌아가셨어도 어쩜 그리 살아 계실 때와 마찬가지로 한결같으신지, 그걸 확인하기 전에는 절대 거저 주지 않겠다는 사인인 거다.

"아, 증거라면 눈에 보이는 거니까, 사진?"

"있어요."

할머니랑 찍은 사진이 떠올랐다. 사진을 너무 크게 뺐다고 내가 싫은 소리를 했던 게 생각났다. 할머니는 그 사진이 제일 좋다고 했다. 차렷 자세로 카메라를 바라보는 할머니와 나를 보고, 사진사가 싸웠냐고 하는 바람에 푹, 웃음을 터트리던 순간이었다. 할머니는 눈가의 주름이 그대로 잡혔고 나의 납대대한 코가 더 없어 보이게 나온 사진이다. 그 사진은 거실 벽면 정중앙에 붙어 있다.

사진 뒤에는 정체를 알 수 없는 네 자리 숫자가 적혀 있다. 김문 말로는 은행 금고의 비밀번호일지도 모른다고 했다. 금고를 연다고 해도 할머니는 내가 필요한 적정선의 한 달 생활비 이상은 뺄 수 없게 해 놓았을 것이다.

기주는 제빵 학원에 다니고 있다. 매일 저녁 식탁 위에는 실습한 빵이 소복하게 놓여 있다. 아마추어 맛이 나지 않았다. 역시 먹을 거만드는 데는 특별한 재주가 있다. 학원 내에서도 솜씨가 좋다는 소리를 매번 듣는단다. 우쭐하면서도 자신감 붙은 모습으로 여간 뽐내는 게 아니다. 눈 뜨고 못 볼 지경이다.

나는 여전히 김문에게 과외를 받는다. 공부하다가 늙어 갈 판이다.

기주가 빵집을 오픈하는 날이다. 호빵집이 있던 구멍가게를 깨끗하게 청소했다. 기주는 그간 호빵집을 드나들며 가게 할머니가 편찮으실 때마다 밥도 차려 주고 가게도 봐주었다.

환하고 쾌적한 편의점이 곳곳에 들어서자 할머니는 구멍가게를 닫겠다고 했다. 기주가 빵집을 낸다고 하자, 관리비 조로 유지비만 내고 쓰라고 했다는 것이다.

간판도 아무것도 없다. 다만 '빵'이라는 글자를 커다랗게 쪽유리창에 붙여 놓았다. 가게 앞에 검정색 칠판 하나만 세워 놓았다. 하얀 분필로 이렇게 쓰여 있는 게 다였다.

'모카 제빵집'
ㅡ 염소우유로 만든 자연 발효 빵 ㅡ
빵 나오는 시각, 오후 3시

기주의 엉성한 글씨체가 그대로 묻어났다.
모카가 아니라, 목화라니까. 기어이 저렇게 써 놓다니. 대체 기주는 천재야, 바보야.

빵집 이름을 고민하길래 목화송이 염소에 얽힌 할머니의 사랑 이야기를 해 주었다. 그러자 기주는 식탁에 머리를 박고 한참 동안 흐느꼈다. 마치 자기가 비운의 염소 소녀가 된 거처럼 울었다. 내가 왜 이렇게 우냐고 묻자, 너무나 가슴이 아프다고 했다. 그래서 숨을 잘 못 쉬겠다고 했다. 내가 이렇게 감수성이 풍부한 사람이었냐고 하는 바람에 울다가 웃었다.

기주가 만든 빵에서 모카커피 냄새가 물씬 풍겨 나올 것만 같다.

산양유의 공급처인 목장에서 연락이 왔다. 변호사를 통해 나에게 보여 주고 싶은 게 있다고 전해 왔다. 그렇지 않아도 목장을 상속하려면 실체를 한번 보아야 하지 않겠냐고 김문이 말한 적이 있다. 목장이라는 말에 가슴이 벅차올라 먹먹했다. 내가 소유할 수 있는 부동산에 목장도 있다니, 눈물이 우렁우렁 올라왔다. 김문의 말이 채 끝나기도 전에 끝없이 펼쳐진 푸른 초원이 연상되었다. 염소 한 마리에서 시작된 한 사람의 사랑이 이렇게 끝 간 데 없이 펼쳐졌다는 게 믿기지 않았다. 거의 기적에 가까운 일 아닐까. 그 기적을 이룬 분이 바로 우리 할머니라니, 새삼스럽게 또 할머니의 존재감이 하늘과 땅 사이를 꽉 채우는 것 같았다. 산과 강줄기를 나누던 마고할미처럼 할머니의 존재감은 거대해졌다. 아무것도 없는 것에서 끊임없이 에너지를 내었던 할머니의 원천은 무엇이었을까.

구름 위를 걷는 듯한 표정으로 초원을 그리는 나를 못마땅해하는 김문이 탁자를 소리 나게 두들기며 정신 차리라고 했다. 목장 상속 부분은 좀 까다로운 조건이 붙어 있는데 반드시 목장 수익금의 일부를 기부해야 하며 그로 인해 발생되는 세금 환급금은 산양유를 공급받는 영세 거래처로 돌아간다고 했다. 온전히 네 몫이 아니니 착각하지 말라는 거였다. 너는 그냥 책임자일 뿐이며 이 목장의 수혜자는 생각보다 아주 많은 사람들이라고 했다. 그나마 기부 후 남는 것의 대부분도 목장 유지비로 쓰인다고 했다.

눈앞에 펼쳐졌던 푸른 초원이 일시에 와장창 깨져 버렸다.

"이게 뭐야, 이게 무슨 상속이에요? 내 것도, 내가 마음대로 할 수 있는 것도 없다는 거잖아요."

"아니지, 기부는 목화송이 농장주 이름으로 되는 거니까."

기부, 이제껏 생각해 보지 못한 말이다. 뭘 가져 보기도 전에 나누라는 말 먼저 만난 거다. 내 이름으로 기부된다는 것이 어떤 건지 모르겠어서, 뭘 받기도 전에 나누라는 것 때문에 도장을 찍는 내내 손이 발발 떨렸다. 솔직히 말해서 나누고 싶지 않았다. 강요에 의한 기부였다. 목장 부분도 나에게 선택권이 있는 건 없었다. 오로지 할머니의 선택대로 따라야 하는 것이 상속자의 본분이라고 다시 한번 일깨워 주었을 뿐이다.

컴퓨터 바탕 화면에 자주 등장하던 푸른 풀밭이 보였다. 높은 곳을 좋아하는 염소의 특성을 고려해 크고 작은 언덕이 있는 곳이다. 그 언덕 아래로 밭이 줄을 긋고 있고 밭 아래 강줄기 옆에는 벼가 자라고 있다. 나는 이 드넓은 땅에 아무런 감정을 입히지 않으려고 애썼다. 그냥 아무 생각 없이 김문의 차를 타고 따라나섰고 그가 차를 멈춘 곳에 발을 디뎠을 뿐이다. 이것도 상속의 절차라고 했으니.

기주는 빵집 문까지 닫고 따라나섰다. 염소우유가 어디서 오는지 알고 싶다고 했다.

언덕 위에 목화송이 닮은 흰 염소 떼와 콩자반 같은 까만 염소 떼가 풀을 뜯고 있다. 할머니한테 들었던 아주 익숙한 모습의 염소가 흩어져 풀을 뜯고 있다. 늘 보아 왔던 거처럼 눈에 익었다. 염소 울음소리가 돌림 노래처럼 이어졌다. 새끼 염소를 보자 덤덤했던 마음은 온데간데없다. 달려가 새끼 염소 한 마리를 끌어안았다. 열일곱 살의 할머니가 만났던 목화송이 염소의 후손일지도 모른다는 생각이 들었다. 내가 할머니에게 차라리 염소를 키우라고 했을 때 말없이 웃던 모습이 떠올랐다.

할머니 연배와 비슷해 보이는 할아버지가 자신을 양치기라고 소개했다. 언젠가는 손녀가 찾아오리라는 것도 알고 있었는데 기다리다 못해 변호사를 통해 연락했다고 했다. 할아버지는 이곳저곳 안내하며 할머니의 목장이 얼마나 큰지 알려 주었다. 목장 옆, 푸른 콩밭과 논은 끝 간 데 없이 길었다. 염소의 먹이로 쓰기 위해 짓는 농사라고 했다.

할아버지가 특별히 보여 줄 게 있다고 안내한 곳에는, 태어난 지얼마 안 된 새끼 염소가 있었다. 할머니가 처음 기르기 시작한 목화송이 염소의 순종 후예라고 했다. 할머니가 고향을 떠날 때 새끼 염소도 함께했던 것이다. 그 씨앗을 무사히 받아 낼 때마다 할머니께 연락을 드렸노라고 했다. 이제는 안 계시니, 손녀인 나에게 연락하겠다고 했다. 한없이 아까운 분이 돌아가셨다며 울먹한 목소리로 말한 뒤 먼 하늘을 올려다보았다.

할아버지는 새끼 우리와 좀 떨어진 언덕 위를 가리켰다. 할아버지 손가락 끝에 하얀 염소 한 마리가 구름처럼 걸려 있다. 언덕 위 소나무 한 그루 아래, 염소 한 마리가 보였다. 다른 염소들은 쉴 새 없이 고개를 놀리며 풀을 뜯기 바쁜데, 그 염소는 그렇지 않았다. 목화송이 염소 후예라고 했다. 나는 풀밭을 가로질러 홀린 듯이 언덕을 향해 걸었다. 그러자 기주도 허겁지겁 따라붙었다. 기주는 몇 번이나 미끄러져 나동그라졌다. 살을 빼야겠다고 중얼거리며 올랐다.

염소는 내가 다가가도 피하지 않았다. 마치 알고 기다린 것처럼 몇 걸음 움직이며 자리를 내주었다. 할머니를 만난 것 같았다. 할머니가 '잘 왔다, 잘 왔어. 용케도 잘 찾아왔네.' 하며 내 엉덩이를 투덕투덕 두들길 것 같았다. 염소가 되새김질할 때마다 따랑따랑 방울 소리가 울렸다. 그 방울 소리에 맞춰 할머니 목소리가 들리는 듯했다.

길게 뻗은 소나무에 한참 동안 기대서 있던 김문이 다가왔다. 무릎을 세우고 그 무릎 위에 양팔을 포개 안으며 내 옆에 앉았다. 언덕 위에 염소 한 마리, 그 옆에 나, 그 옆에 김문이 앉으며 말했다.

"뭐가 그렇게 골똘해? 주연서 씨."

나는 말없이 김문의 옆얼굴을 보았다. 김문은 아무 말도 안 한 것처럼 먼 곳을 바라보았다. 식은 햇빛이 김문의 얼굴을 부드럽게 감쌌다. 내 얼굴에도 감빛 햇살이 번지고 있겠지. 땀으로 들러붙은 잔머리칼을 바람이 말려 주었다. 아침에 애써 누른 머리칼이 제멋대

로 나부끼는데도 신경 쓰이지 않았다. 땀으로 끈적거리던 목덜미가
시원했다. 바람 속에 솔 향과 풀 냄새가 묻어와 차갑게 식혀 주었다.
곧 있으면 해가 저 산 너머로 넘어갈 것이다. 할머니가 말했던 노을
이 좋은 날이다. 구름이 비장하게 흐르고 쪼개질 때마다 무지개떡
같은 갖가지 층위의 빛깔이 펼쳐졌다. 젊은 할아버지와 어린 할머니
가 언덕 위에서 만나 함께 보던 노을은 어떤 모양과 어떤 빛깔이었
을까.

해가 뜨고 해가 지고, 한 생명이 태어나고 또 이어 가고, 내일과
또 다른 내일이 오고.

그렇게 멀리 푸른 초원을 바라보는 내게 김문은 봉투를 하나 주
었다. 내가 무슨 봉투냐고 묻는 눈빛으로 김문을 올려다보았다.

"유언장."

"할머니 유언장은 대체 몇 장이나 있는 거죠?"

김문은 나도 모른다는 식으로 어깨를 으쓱하며 봉투를 더 가까
이 내밀었다.

또다시 가슴이 두근대었다.

할미는 '너'라는 꽃을 피웠어. 할미는 이 생이 참 즐거웠다. 남들 눈
에는 험해 보여 불행한 것처럼 보였을지 모르겠지만 난 그렇지 않
았다. 남이 보는 건 중요하지 않아, 결국 내가 나를 어떻게 보는지
가 훨씬 중요하단다. 나처럼 사랑받은 사람도 나처럼 사랑한 사람

도 없다고 생각한다.

연서야, 지 복은 지가 짓는다는 말이 있다. 그게 무슨 말이냐면 척박함 속일지라도 본연의 타고난 마음을 잃지 않는 것, 잃지 않으려고 노력하는 것, 살면서 맞닥뜨리는 고통 때문에 자신을 일그러뜨리지 않는 것, 그렇게 균형을 잡으며 마음을 나누며 받을 줄도 아는 것.

아무리 사랑을 주어도 받지 않으면 아무 소용이 없는 거란다. 자꾸 사랑을 주고 싶은 사람은 그 받은 사랑에 감사할 줄도 알고, 되돌려줄 줄도 아는 사람이란다. 마냥 받기만 하려고 한다면 그건 사랑이 아니다. 사랑은 받을 줄도 줄 줄도 알아야 하는 법이다.

내 강아지, 주연서. 넌 이미 내게는 꽃이야, 이제부터는 네가 네 맘에 꼭 드는 꽃으로 피어나길 바란다.

편지를 읽고 고개를 들었다. 휑하니 비어 있던 공터에 부드럽고 따듯한 햇살이 가득 들어차는 기분이 들었다. 햇살은 작은 빈 곳까지 채워 가며 토닥거리는 것 같았다. 정확히 뭐라고 표현하긴 어렵지만 세상이 조금 더 친절하고 부드러워 보이는 것도 같았다.

할머니 금고 안에는 얼마의 돈이 있는지 아직 모른다. 얼만큼의 금덩이가 있는지도 전혀 모른다. 할머니의 돈이 나를 망치게 할까 봐 안전장치를 겹겹이 해 놓았다는 것은 알 수 있다. 17년 내 인생이 할머니에게 믿음을 얻지 못했다는 방증이다. 하긴 불안하기 이를 데 없게 굴었으니까, 어디로 튈지 모르는 럭비공 보는 심정으로 나를 봤을 테니까. 이제껏 내가 그렇게 산 것은 할머니에 대한 나의 믿음 때문이었다. 그런 나의 믿음이 할머니에게는 어떤 믿음도 주지 못했다는 게 좀 아이러니하다. 그렇지만 나는 나를 믿는다. 할머니의 돈이 나를 망치지 않을 것이라는 것을, 내가 어느 정도 자라 균형을 잡을 때까지 할머니는 봉투로 내게 계속 숙제를 내 주고 있을 것이기 때문이다. 할머니는 저승에서도 나를 보고 깔깔깔 호호호 고소하다는 식으로 웃고 있을지도 모른다. 그러면서 할머니 사랑이 완성되기를, 온갖 파도와 거친 산을 넘으며 지켜 온 사랑이 무사히 이어지기를 언제나 응원하고 있을 것이다.

할머니가 남긴 유산은 나다. 그러므로 나는 할머니 금고 속의 돈과 금덩이에 대해 그 이상도 이하도 아닌 의미를 부여한다. 할머니가 남긴 것은 그 이상의 것이라는 것을 남은 봉투를 열어 보지 않고도 알 수 있다. 할머니는 그냥 할머니가 돈이나 건물, 금덩이로 변환되는 것을 거부했던 거다. 유산 속의 재화는 어떤 의미도 무엇도 아니다. 그냥 돈이며 건물이며, 땅이며 금덩이인 것이다. 할머니는 할머니의 평생이 그렇게 남는 걸 싫어했던 거다. 평생 김밥을 팔아 모은 돈을 장학금으로 내놓은 할머니 친구처럼 말이다.

"그렇게 하지 않으면 평생 나는 김밥만 말은 사람이 되는 거잖어."

할머니는 용케도 그걸 피해 가는 방법을 칠십 넘어 오랫동안 생각했고 아주 치밀하게 퍼즐을 짜 놓았다. 그 퍼즐을 맞춰 가는 과정이 좀 짜증스럽긴 했지만 그 역시 할머니의 커다란 설계 안에 있는 것

이니 나는 그저 감탄할 수밖에 없다. 역시 할머니는 대단하다. 짱이
다. 대박이다.

내일 할머니 산소에 가기로 했다. 49재 같은 마지막 장례 절차도
그냥 지난 지 꽤 되었다고 김문이 말했다.

할머니한테 미안한 게 자꾸 늘었다. 김문은 일정이 많아 시간을
맞출 수 있을지 모르겠다고 했다. 기주는 삼우제도 약식으로 지낸
것 같다며 내일은 제대로 차려 드려야겠다고 했다. 순빈이 할머께
물어 음식부터 삼우제 때 미처 못 했던 옷 태우기까지 하기로 했다.

아침부터 전 냄새가 요란했다. 할머니가 좋아하던 음식과 염소우
유를 넣어 갓 구워 낸 빵도 있다. 유치원 때 내가 할머께 차려 주었
던 홍차와 쿠키, 화과자도 준비했다. 그리고 쪽지 편지도 있다. 그간
할머니에게 받은 편지에 대한 나의 답장이다.

햇빛이 따갑게 내리쬐었다. 할머니의 무덤 앞에는 백합 꽃다발이
먼저 와 있다. 김문이 벌써 왔다 간 모양이다. 백합꽃 사이에 봉투가
있다. 인장을 찍고 봉인까지 해 놓은 할머니 유언 봉투이다.

이 편지를 볼 때면 우리 연서가 몇 살쯤 됐을까? 내 목숨에 대해 내
가 짐작할 수 있는 건 아무것도 없다. 다만 우리 강아지가 많이 큰
다음 보기를 바라지만 그조차 하늘의 일.

네 안의 보물을 찾아보렴. 그게 뭔지 할머니도 몹시 궁금하다. 그런 다음 반짝반짝 윤이 나도록 그 보물을 가꿔 보는 거야. 죽는 그 순간까지 멈추지 않는 것, 그거면 된 거다. 그거면 되는 거다.

소나무 아래서 고개를 무릎 사이에 묻었다. 한참 뒤, 고개를 들어 주위를 둘러보았다. 어딘가에 할머니가 계실 것 같았다.

'어딜 자꾸 둘러봐? 할미는 이제 네 안에 있다니깐.'

어디선가 할머니 목소리가 들리는 것만 같았다. 할머니의 편지를 가슴팍에 대고 눈을 감았다.

기주가 제사상을 진설한 뒤, 내 어깨를 흔들며 절을 올리라고 했다.

나는 염소우유를 올린 후 두 번의 절을 했다. 기주도 절을 올린 뒤, 땅을 조금 파고 할머니의 체취가 묻어나는 백합 꽃무늬 원피스에 불을 붙였다. 화르륵 하늘로 불타올랐다.

기주가 음식을 갈무리하고 잡풀을 뜯는 동안, 나는 할머니 무덤을 조금 파고 어젯밤에 썼던 쪽지 편지를 묻었다. 기주가 잔디를 다독거리다 말고 나를 물끄러미 바라보았다.

내려오는 길에 기주가 뭐라고 썼냐고 물었지만 대답하지 않았다. 할머니만이 알 거라고 생각하며 산길을 걸었다.

바람이 불 때마다 섞여 오는 나뭇잎 냄새가 차가워서 좋았다. 발길마다 하얀 개망초와 붉은 패랭이가 줄지어 피어 있다. 노랑나비 한 마리가 앞서거니 뒤서거니 내 곁을 맴돌았다. 샛노랗게 밝은 빛깔이 주위를 감싸는 것 같았다.

멀리 하늘을 바라보았다. 바람의 세기에 따라 흘러가는 구름의 속도가 달랐다. 흩어지고 모아지는 셈여림의 시간을 지나 어떤 모양의 구름이 펼쳐질지 궁금했다. 지금 내 머리 위로 흐르는 구름은 또 어떤 모양으로 바뀔까. 앞으로 다가올, 또는 내가 다가갈 하늘은 어떤 무늬로 그려질까? 나는 그게 몹시 궁금해지기 시작했다.

몇 해 전에 어머니께서 돌아가셨다. 어머니의 집과 유품을 오랫동안 정리했다. 입던 옷, 패물, 집기류, 가구 등 어머니의 손때 묻은 세월을 정리하는 시간이었다. 다섯 자매는 울며 웃으며 물건들의 사연을 불러내어 어머니를 추억했다. 그렇게 어머니를 보내 드리는 시간을 가졌다. 천천히, 아주 천천히 보내고 싶어 어머니 옷을 입어 보기도 각자 간직하고 싶은 물건을 골라 보기도 했다.

대부분 버려지는 것들이 많았다. 수없이 버려지는 물건들을 보며 어머니는 나에게 무엇을 남기고 싶어 하셨을까, 생각했다. 어머니가 남기고 간 것은 보이는 것보다 보이지 않는 것이 더 많으리란 생각이 들었다.

어머니가 남긴 보이지 않는 것들은 시간이 지날수록 일상에서 불쑥불쑥 소환되었다. 김치를 먹을 때도, 된장을 뜰 때도, 만두를 빚을 때도, 벚꽃이 필 때도, 여행을 갈 때도, 언젠가 갔던 맛집 앞에서도……. 무엇보다 어머니 성정의 칼칼함은 내 안에 살아 있다. 나는 누구보다 어머니를 많이 닮았다.

그렇다면 떠난 사람은 남아 있는 자에게 어떤 것을 남기고 싶어 할까, 어머니를 보내며 오랜 시간 그 생각에 사로잡혔다. 남아 있는 자의 바람과는 다르리라는 생각이 들었다.

죽음에 이르기까지, 죽음 이후에도 사람이 사람으로 남길 바라지 않았을까. 사람이 돈이나 금덩이, 땅과 같은 물질의 있고 없음으로 평가되고 대체되는 것이 아니라 사람이 그냥 사람으로 남는 것. 그 사람이 남기고 간 보이지 않는 것을 헤아리며 찾아내어 간직해 주는 것, 그렇게 물질로 대체되지 않는 유산으로 남길 바라지 않았을까.

그렇게 죽은 자가 살아남은 자에게 남기고 싶은 것을 찾아가는 이야기를 하고 싶었다. 소설을 시작하기에 앞서 고민이 깊었다. 삶과 죽음의 경계에 있는 엄중한 이야기를 어떻게 하면 무겁지 않게 할 수 있을까, 하여 섣불리 시작하지 못했다.

끙끙대던 어느 날 밤, 딸아이가 어렸을 때 내게 내 주었던 게임 이 생각났다. 여기저기 숨겨 놓은 길 안내 쪽지를 찾아 최종 목적지 로 가는 게임이었다. 종착지에 차려져 있던 홍차와 쿠키, 식탁의 노 란 불빛을 지금도 기억한다. 어린 손으로 차린 다과상 앞에 입을 벌 린 채 한참 동안 말을 잇지 못했다. 뜨거운 물은 어떻게 끓였으며 도 자기 찻잔은 조심스러워서 어떻게 만졌을까 등등, 반나절 내내 나를 기다리며 준비한 어린 심장의 두근거림이 전해져 가슴이 벅찼다. 무 궁무진하게 이야기를 들려주는 내 아이들의 어린 시절에 고마움을 표한다. 덕분에 이야기의 실마리를 즐겁게 풀어 갈 수 있었다.

어머니를 보내 드리며 끝끝내 버리지 못하는 것, 끝끝내 버릴 수 없는 것, 끝끝내 사라지지 않는 것의 아름다움은 무엇인가, 나 스스로에게 질문하고 찾아가는 시간이었다.

무한의 유산을 주신 어머니께 감사드린다.

원고를 오랫동안 기다려 준 다림 식구들께 감사함을 전한다.

작가의 말을 쓰고 있는 '글을낳는집' 밥상에는 봄이 넘쳐 난다. 감사하다.

2021년 봄,

김선영